공부 잘하는 아이, 독서 잘하는 아이로 키으려면
어휘력 먼저 키워 주어야 합니다!

KB049243

공부 잘하고 책 잘 읽는 똑똑한 아이들에게는 공통점이 있습니다. 바로 그 아이들이 알고 있는 단어가 많다는 것입니다. 어휘력이 좋아서 책을 잘 읽는 것은 이해가 되는데, 어휘력이 좋아야 공부도 잘한다는 것은 설명이 좀 필요할 것 같습니다. 다음 말을 읽고 곰곰이 한번 생각해 보세요.

"사람은 자신이 아는 단어의 수만큼 생각하고 표현한다."
"하나의 단어를 아는 것은 그 단어를 둘러싸고 있는 세상을 아는 것이다."

이 말에 동의한다면 왜 어휘력이 좋아야 공부를 잘하는지 알 수 있을 것입니다. 공부는 세상을 이해하고 자신을 표현하는 일련의 과정이기 때문에, 어휘력을 키우면 세상을 이해하는 능력과 사고력이 자라서 공부를 잘하는 바탕이 마련됩니다.

예를 들어 볼까요? 두 아이가 있습니다. 한 아이는 '알리다'라는 낱말만 알고, 다른 아이는 '알리다' 외에 '안내하다', '보도하다', '선포하다', '폭로하다'라는 낱말도 알고 있습니다. 첫 번째 아이는 어떤 상황이든 '알리다'라고 뭉뚱그려 생각하고 표현합니다. 하지만 두 번째 아이는 길을 알려 줄 때는 '안내하다'라는 말을, 신문이나 TV에서 알려 줄 때는 '보도하다'라는 말을, 세상에 널리 알릴 때는 '선포하다'라는 말을 씁니다. 또 남이 피해를 입을 줄 알면서 알릴 때는 '폭로하다'라고 구분해서 말하겠지요. 이렇듯 낱말을 많이 알면, 보다 정확하게 이해하고 정교하게 표현할 수 있습니다.

〈세 마리 토끼 잡는 초등 어휘〉는 아이들의 어휘력을 키워 주려고 탄생했습니다. 아이들이 낱말을 재미있고 효율적으로 배울 뿐 아니라, 낯선 낱말을 만나도 그 뜻을 유추해 내도록 이끄는 것이 〈세 마리 토끼 잡는 초등 어휘〉의 목표입니다. 공부 잘하는 아이, 독서 잘하는 아이로 키우고 싶다면, 이 글을 읽는 순간 이미 목적지에 한 발 다가선 것입니다. 〈세 마리 토끼 잡는 초등 어휘〉가 공부 잘하는 아이, 독서 잘하는 아이로 책임지고 키워 드리겠습니다.

세 마리 토끼 잡는 초등 어휘 는 어떤 책인가요?

1 한자어, 고유어, 영단어 세 마리 토끼를 잡아 어휘력을 통합적으로 키워 주는 책

〈세 마리 토끼 잡는 초등 어휘〉는 한자어와 고유어, 영단어 실력을 단단하게 만들어 주는 책입니다. 낱말 공부가 지루한 건, 낱말과 뜻을 1:1로 외우기 때문입니다. 이렇게 공부하면 낯선 낱말을 만났을 때 속뜻을 헤아리지 못해 낭패를 보지요. 〈세 마리 토끼 잡는 초등 어휘〉는 속뜻을 이해하면서 한자어를 공부하고, 이와 관련 있는 고유어와 영단어를 연결해서 공부하도록 이루어져 있습니다. 흩어져 있는 글자와 낱말들을 연결하면 보다 재미있게 공부하고 오래 기억할 수 있습니다.

2 한자가 아니라 '한자 활용 능력'을 키워 주는 책

많은 아이들이 '날 생(生)' 자는 알아도 '생명', '생계', '생산'의 뜻은 똑 부러지게 말하지 못합니다. 한자와 한자어를 따로따로 공부하기 때문이지요. 〈세 마리 토끼 잡는 초등 어휘〉는 한자를 중심으로 다양한 한자어를 공부하도록 구성하여 한자를 통해 낯설고 어려운 낱말의 속뜻도 짐작할 수 있는 '한자 활용 능력'을 키워 줍니다.

3 교과 지식과 독서·논술 실력을 키워 주는 책

〈세 마리 토끼 잡는 초등 어휘〉는 추상적인 낱말과 개념어를 잡아 주는 책입니다. 고학년이 되면 '사고방식', '민주주의' 같은 추상적인 낱말과 개념어를 자주 듣게 됩니다. 이런 어려운 낱말은 아이들의 책 읽기를 방해하고 공부에 대한 흥미를 잃게 하지요. 하지만 〈세 마리 토끼 잡는 초등 어휘〉로 공부하면 낱말과 지식을 함께 익힐 수 있어서, 교과 공부는 물론이고 독서와 논술을 위한 기초 체력도 기를 수 있습니다.

3

세 마리 토끼 잡는 초등 어휘 는 어떻게 이루어져 있나요?

1 전체 구성

〈세 마리 토끼 잡는 초등 어휘〉는 다섯 단계(총 18권)로 이루어져 있습니다.

단계	P단계	A단계	B단계	C단계	D단계
대상 학년	유아~초등 1년	초등 1~2년	초등 2~3년	초등 3~4년	초등 5~6년
권 수	3권	4권	4권	4권	3권

2 권 구성

〈세 마리 토끼 잡는 초등 어휘〉 한 권은 내용에 따라 PART1, PART2, PART3으로 나누어져 있습니다.

> **PART1** 핵심 한자로 배우는 기본 어휘 (2주 분량)

10개의 핵심 한자를 중심으로 한자어와 고유어, 영단어를 익히는 곳입니다. 한자는 단계에 맞는 급수와 아이들이 자주 듣는 낱말이나 교과 연계성을 고려해 선별하였습니다. 한자와 낱말은 한눈에 들어오게 어휘망으로 구성하였고, 다양한 활동을 통해 낱말의 뜻을 익힐 수 있게 꾸렸습니다. 또한 교과 관련 낱말을 별도로 구성해서 교과 지식도 함께 쌓을 수 있습니다.

단계별 구성 (P단계에서 D단계로 갈수록 핵심 한자와 낱말의 난이도가 높아지고, 낱말 수도 많아집니다.)

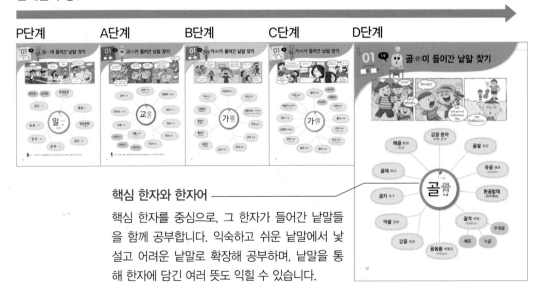

핵심 한자와 한자어

핵심 한자를 중심으로, 그 한자가 들어간 낱말들을 함께 공부합니다. 익숙하고 쉬운 낱말에서 낯설고 어려운 낱말로 확장해 공부하며, 낱말을 통해 한자에 담긴 여러 뜻도 익힐 수 있습니다.

PART 2 뜻을 비교하며 배우는 관계 어휘(1주 분량)

관계가 있는 여러 낱말들을 연결해서 공부하는 곳입니다. '輕(가벼울 경)', '重(무거울 중)' 같은 상대되는 한자나, '동물', '종교' 등 하나의 주제를 중심으로 관련 있는 낱말들을 모아서 익힐 수 있습니다.

상대어로 배우는 한자어
상대되는 한자를 중심으로 상대어들을 함께 묶어 공부합니다. 상대어를 통해 어휘 감각과 논리력을 키울 수 있습니다. ──

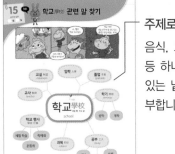

주제로 배우는 한자어
음식, 교통, 방송, 학교 등 하나의 주제와 관련 있는 낱말을 모아서 공부합니다.

PART 3 소리를 비교하며 배우는 확장 어휘(1주 분량)

소리가 같거나 비슷해서 헷갈리는 낱말이나, 낱말 앞뒤에 붙는 접두사·접미사를 익히는 곳입니다. 비슷한말을 비교하면서 우리말을 좀 더 바르게 쓸 수 있습니다.

헷갈리는 말 살피기
'가르치다/가리키다', '~던지/~든지'처럼 헷갈리는 말이나 흉내 내는 말을 모아 뜻과 쓰임을 비교합니다.

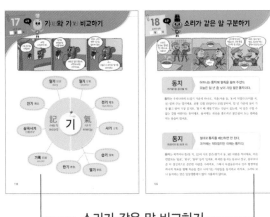

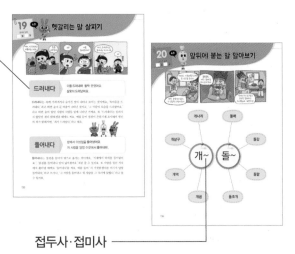

소리가 같은 말 비교하기
소리가 같은 한자를 중심으로, 소리는 같지만 뜻이 다른 동음이의어를 공부합니다.

접두사·접미사
'~장이/~쟁이'처럼 낱말 앞뒤에 붙어 새로운 뜻을 더하는 접두사·접미사를 배웁니다.

세마리 토끼 잡는 초등 어휘 1일 학습은 **어떻게** 짜여 있나요?

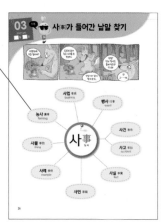 

어휘망

어휘망은 핵심 한자나 글자, 주제를 중심으로 쓰임이 많은 낱말을 모아 놓은 마인드맵입니다. 한자의 훈음과 관련 낱말들을 익히면, 한자를 이용해 낱말들의 속뜻을 짐작할 수 있습니다.

먼저 확인해 보기

미로 찾기, 십자말풀이, 색칠하기 등 다양한 활동을 하며 낱말의 뜻을 정확히 알고 있는지 확인할 수 있습니다.

익숙한 말 살피기

낱말을 아이들 눈높이에 맞춰 한자로 풀어 설명합니다. 한자와 뜻을 연결해 공부하면서 한자를 이용한 속뜻 짐작 능력을 키울 수 있습니다.

교과서 말 살피기

교과 내용을 낱말 중심으로 되짚어 봅니다. 확장된 지식과 낱말 상식 등을 함께 공부할 수 있습니다.

특별 구성

★ '주제로 배우는 한자어'는 동물, 학교, 수 등 주제를 중심으로 관련 어휘를 확장해서 공부합니다.

속뜻 짐작 능력 테스트

앞에서 배운 내용을 잘 이해했는지 확인하고, 핵심 한자를
활용해 낯설거나 어려운 낱말의 뜻을 스스로 짐작해 봅니다.

어휘망 넓히기

관련 있는 영단어와 새말 등을
확장해서 공부할 수 있습니다.
QR 코드를 찍으면 영어 발음을
듣고 배울 수 있습니다.

재미있는 우리말 유래 / 이야기

재미있는 우리말 유래/이야기

한 주 학습을 마치면, 우리말 유래나 우리
말에 얽힌 이야기를 소개하는 재미있는 만
화가 기다리고 있습니다.

★ '헷갈리는 말 살피기'는 소리가 비슷한 낱말들을 비교할 수 있게 구성하였습니다.

7

세 마리 토끼 잡는 초등 어휘 이렇게 공부해요

1 매일매일 꾸준히 공부해요

〈세 마리 토끼 잡는 초등 어휘〉는 매일 6쪽씩 꾸준히 공부하는 책이에요. 재미있는 활동과 만화가 있어서 지루하지 않게 공부할 수 있지요. 공부가 끝나면 '○주 ○일 학습 끝!' 붙임 딱지를 붙이고, QR 코드를 이용해 영어 발음도 들어 보세요.

2 또 다른 낱말도 찾아보아요

하루 공부를 마치고 나면, 인터넷 사전에서 그날의 한자가 들어간 다른 낱말들을 찾아보세요. 아마 '어머, 이 한자가 이 낱말에 들어가?', '이 낱말이 이런 뜻이었구나.'라고 깨달으며 새로운 즐거움에 빠질 거예요. 새로 알게 된 낱말들로 나만의 어휘망을 만들면 더욱 도움이 될 거예요.

3 보고 또 봐요

〈세 마리 토끼 잡는 초등 어휘〉는 PART1에 나온 한자가 PART2나 PART3에도 등장해요. 보고 또 보아야 기억이 나고, 비교하고 또 비교해야 정확히 알 수 있기 때문이지요. 책을 다 본 뒤에도 심심할 때 꺼내 보며 낱말들을 내 것으로 만들어 보세요.

한 주 학습표	월	화	수	목	금	토
	매일 6쪽씩 학습하고, '○주 ○일 학습 끝!' 붙임 딱지 붙이기					주요 내용 복습하기

세마리 토끼 잡는 초등 어휘

C단계 3권

주	일차	단계		공부할 내용	교과 연계 내용
1주	1	PART1 (기본 어휘)		반(反)	[국어 5-1] 대상에 따라 알맞은 낱말 찾아보기
	2			실(實)	[사회 6-2] 정보화와 세계화에 대해 알아보기
	3			식(識)	[국어 6-1] 책 속의 지혜를 찾아보기
	4			회(會)	[사회 5-2] 삼국 시대 사람들의 생활 모습 이해하기
	5			열(熱)	[과학 5-2] 날씨가 우리 생활에 끼치는 영향 알아보기
2주	6			소(所)	[사회 4-2] 소득을 얻는 방법 알아보기
	7			비(備)	[체육 3] 여러 가지 운동을 통해 체력 향상시키기
	8			호(好)	[사회 6-1] 조선의 개항 과정에서 맺은 조약 알아보기
	9			계(系)	[사회 3-2] 가족의 형태 알아보기
	10			속(俗)	[사회 6-1] 조선 시대의 서민 문화 발달 살펴보기
3주	11	PART2 (관계 어휘)	상대어	존비(尊卑)	[국어 3-1] 낱말의 뜻을 정확히 알고 사용하기
	12			문답(問答)	[국어 4-1] 여러 가지 문장에 대해 알아보기
	13			주객(主客)	[미술 3] 다양한 미술 작품과 표현 방식 알아보기
	14		주제어	물질(物質)	[과학 3-1] 물질과 물체에 대해 알아보기 [과학 4-1] 혼합물 분리에 대해 알아보기
	15			방송(放送)	[사회 5-1] 대중 매체의 발달에 대해 알아보기
4주	16	PART3 (확장 어휘)	동음이의 한자	비(非/飛/比)	[수학 6-2] 정비례와 반비례 알아보기
	17			소(所/素/消)	[과학 3-1] 물질과 물체에 대해 알아보기
	18		소리가 같은 말	실명(失明)/실명(實名) 사전(辭典)/사전(事前) 고전(苦戰)/고전(古典) 장관(壯觀)/장관(長官)	[국어 4-2] 소리가 같지만 뜻이 다른 낱말 알아보기 [국어 5-1] 발음이 같거나 비슷한 낱말 구별하기
	19		헷갈리는 말	공략(攻略)/공약(公約) 시간(時間)/시각(時刻) 곤혹(困惑)/곤욕(困辱)	[국어 3-1] 낱말의 뜻 정확히 알고 사용하기 [국어 5-2] 틀리기 쉬운 낱말을 바르게 발음하고 표기하는 방법 알기
	20		접두사/ 접미사	휘~/치~	[사회 4-2] 물건값이 정해지는 과정 알아보기

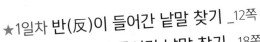

자, 준비됐니?
토야와 같이
출발~!

PART 1

PART1에서는 핵심 한자를 중심으로
우리말과 영어 단어, 교과 관련 낱말 들을 공부해요.

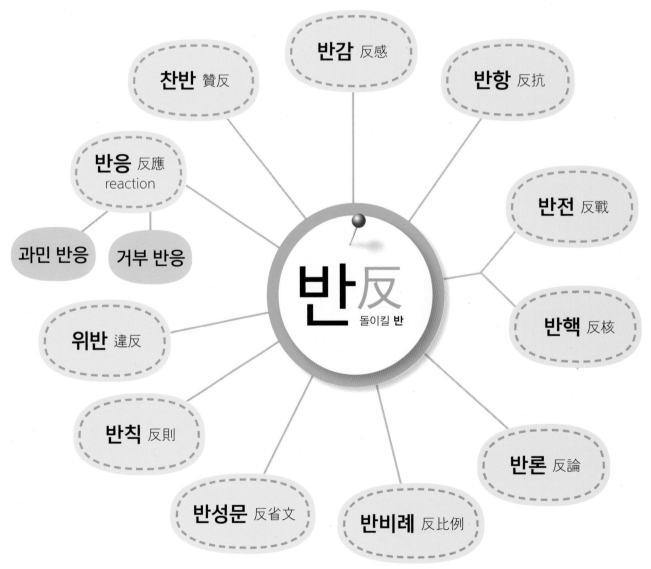

 '반(反)' 자에는 위반, 반칙처럼 '어긋나다'라는 뜻과 반항, 반전처럼 '반대하다'라는 뜻도 있어요.

1 십자말풀이의 빈칸에 알맞은 낱말을 써 보세요.

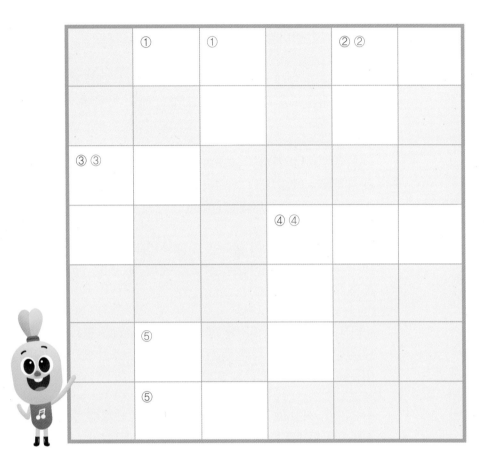

가로 열쇠

① 찬성과 반대를 뜻해요.
　예 지금부터 교내 휴대 전화 사용에 대한 [　　] 투표를 시작하겠습니다.

② 어떤 의견이나 주장에 대해 반대하는 것을 말해요.
　예 우리 형은 사춘기인가 봐. 부모님께 [　　]이 심해.

③ 어떤 자극을 주면 나타나는 행동이에요.
　예 그 친구가 왜 내 말에 과민 [　　]을 보이지?

④ 잘못을 저질렀을 때 자신이 한 일을 돌이켜 살핀 후에 적는 글을 가리켜요.
　예 잘못했으니 반성하는 의미로 [　　]을 쓰거라.

⑤ 다른 사람의 의견에 대해 반대되는 의견을 말하는 것이에요.
　예 이제부터 제 주장에 대해 [　　]할 기회를 드리겠습니다.

세로 열쇠

① 어떤 주장에 대해 반대하는 감정이에요.
　예 아무리 옳은 말이라도 지나치게 강하게 말하면 오히려 [　　]을 불러 올 수 있어.

② 핵무기 등 원자력에 관계된 모든 일에 반대하는 것을 말해요.
　예 환경 단체는 원자력 발전소 건설을 반대하며 [　　] 운동을 펼치고 있습니다.

③ 규칙을 지키지 않고 어기는 행동을 뜻해요.
　예 축구에서 골키퍼 외의 선수가 공을 잡으면 [　　]이야.

④ 한쪽의 양이 많아지거나 늘어날 때 그것과 같은 비율로 줄어드는 관계예요.
　예 비례에는 정비례와 [　　]가 있어요.

⑤ 사회적 법률을 지키지 않고 어기는 거예요.
　예 학교 앞에서 속도 [　　]을 하면 안 돼요.

찬반
贊(도울 찬) 反(돌이킬 반)

찬반은 찬성(도울 찬, 贊)과 반대(돌이킬 반, 反)를 뜻해요. '찬반 투표'나 '찬반 토론'처럼 어떤 문제에 대한 의견이나 생각이 찬성과 반대로 나뉘는 상황에서 주로 쓰이지요.

반감
反(돌이킬 반) 感(느낄 감)

다른 사람의 말이나 행동, 태도 등에 대해 맞서 대들거나 반대하는(돌이킬 반, 反) 감정(느낄 감, 感)을 반감이라고 해요. '반감을 사다.', '반감을 가지다.'처럼 써요.

반항
反(돌이킬 반) 抗(겨룰 항)

'반감'이 감정과 가까운 낱말이라면 반항은 다른 사람이나 어떤 대상에 대해 반대하는 태도가 좀 더 드러난 낱말이에요. 자신보다 힘이 세거나 위치가 높은 대상에게 나타내는 경우가 많아요.

반전 / 반핵
反(돌이킬 반) 戰(싸움 전)
核(씨 핵)

어떤 말에 '반(反)' 자가 붙으면 그 말에 반대한다는 뜻이 돼요. 반전은 전쟁(싸움 전, 戰)을 반대한다는 뜻이고, 핵(씨 핵, 核)을 반대하는 것은 반핵이에요.

반론
反(돌이킬 반) 論(논할 론/논)

반론은 다른 사람의 의견에 대해 반대되는 주장을 펼치는 것을 말해요. 어떤 주장이나 생각과 다른 의견을 펼칠 때는 무조건 반대하기보다 논리적인 이유를 내세우면서 반론을 펼쳐야 해요.

반비례
反(돌이킬 반) 比(견줄 비)
例(법식 례/예)

한쪽 양이 커질 때 다른 한쪽은 그것과 같은 비율로 작아지는 관계를 반비례라고 해요. 상대어로 두 양이 같은 비율로 늘거나 줄어드는 '정비례'가 있어요.

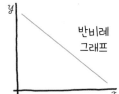

반비례 그래프

반성문
反(돌이킬 반) 省(살필 성)
文(글월 문)

잘못된 행동이나 말을 했을 때 자신이 한 일을 돌이켜(돌이킬 반, 反) 살핀(살필 성, 省) 후에 적는 글(글월 문, 文)을 반성문이라고 해요.

반칙
反(돌이킬 반) 則(법칙 칙)

반칙은 규칙이나 규정 등을 지키지 않고 어기는 행동을 말해요. 축구나 농구와 같은 운동 경기에서 정해 놓은 규칙을 어겼을 때 쓰는 낱말이에요.

위반
違(어긋날 위) 反(돌이킬 반)

법률이나 명령, 약속 등을 어기거나(어긋날 위, 違) 지키지 않는 것을 위반이라고 해요. 예를 들어 '교통 법규를 위반하여 벌금을 내다.'처럼 쓰지요. 비슷한말로 '위배'가 있어요.

반응
反(돌이킬 반) 應(응할 응)

반응은 어떤 자극을 받아 일어나는 현상이에요. 자극에 대해 민감하게 나타나는 '과민 반응', 장기를 이식했을 때 몸이 받아들이지 않으려고 일어나는 '거부 반응' 등이 있어요.

원자력 발전에 대한 찬반 의견

원자력 에너지는 원자핵이 분열할 때 생기는 에너지로, 적은 양으로 많은 에너지를 만들 수 있어요. 그래서 많은 나라가 원자력 발전소를 세우고 전기를 공급하지요. 하지만 원자력 발전을 반대하는 사람도 많아요. 원자력 발전에 대한 양측의 주장을 살펴볼까요?

반대

환경 단체는 발전 후에 나오는 폐기물 처리나 발전소 관리를 잘못해서 위험한 방사능이 유출되거나, 원자 폭탄 개발 등의 문제로 사람에게 큰 위험이 닥칠 수 있다고 주장해요.

원자력 발전소 사고

찬성

원자력 에너지의 원료인 우라늄은 화석 연료보다 싸고, 에너지를 만들 때 이산화 탄소 등을 거의 배출하지 않아요. 또 기술이 발전해 안전 문제는 걱정하지 않아도 된다고 해요.

안전한 원자력 발전소

나도 반대!
일본 후쿠시마에서도 지진 때문에 원자력 발전소에서 방사능이 유출됐었다고!

반대? 찬성?

난 찬성!
원자력 덕분에 전기를 마음껏 쓸 수 있거든!

원자(언덕/근본 원 原, 아들 자 子)는 물질을 이루는 가장 기본적인 알갱이를 뜻해요. 원자의 중심부를 이루는 입자인 원자핵과 그 주변을 이루는 양성자, 중성자로 이루어져 있지요. 에너지원 또는 무기로 사용되는 원자력은 우라늄, 플루토늄 같은 원자의 원자핵을 깨뜨릴 때 나오는 에너지랍니다.

1 친구들이 어떤 전시회에 갔는지, 빈칸에 알맞은 낱말을 골라 보세요. (　　)

〈 ☐☐ 포스터 전시회 〉

이 포스터들의 공통점은 뭘까요?

전쟁을 반대하는 그림이에요!

① 반전　　　③ 반응

③ 반론　　　④ 반항

2 각 빈칸에 알맞은 낱말을 찾아 번호를 써 보세요.

(1) 자동차가 사거리에서 신호를 ☐ 했다.

(2) 상대방의 의견에 너무 과민 ☐ 을 보이지 마.

(3) 수업이 끝나고 ☐ 을 쓰도록 하렴.

(4) 형한테 대들면서 ☐ 을 하다가 엄마한테 혼났어.

① 위반

② 반항

③ 반성문

④ 반응

3 속뜻 짐작 다음 그림을 보고, 빈칸에 알맞은 낱말을 골라 ○ 하세요.

둘은 눈도 마주치지 않을 정도로 미워하는 사이인가 봐요.

그래, 이런 상황을 ☐(이)라고 한단다.

| 반비례 | 반목 | 반응 | 반사 |

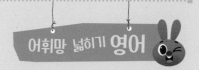

먹는 모습을 주로 보여 주는 방송 프로그램인 '먹방'에 대해 친구들은 '찬성'과 '반대'의 반응을 보여요. 찬성과 반대를 나타내는 영어 단어를 알아볼까요?

agree VS disagree

'찬성하다'는 뜻의 영어 단어는 agree, '반대하다'는 disagree예요.

pros and cons

찬성과 반대의 양쪽 의견을 모두 가진 것, 즉 '찬반양론'은 pros and cons라고 해요.

I agree that eating shows are fun to watch.
(나는 먹방이 재밌다는 것에 찬성해.)

I disagree with you.
(나는 네 의견에 동의하지 않아.)

There are pros and cons of this issue.
(이 문제에 대해서는 찬반양론이 있어.)

anti- VS -friendly

anti는 단어 앞에 붙어서 '~에 반대하는'의 뜻으로 쓰여요. 예를 들어 anti-virus software는 '바이러스 방어 프로그램'을 뜻하지요.
반면에 단어 뒤에 friendly가 붙으면 '~에 친화적인', '~에 도움을 주는'의 뜻이 돼요.

I'm trying to use eco-friendly products.
(나는 친환경 제품을 사용하려고 노력하고 있어요.)

I주 I일 학습 끝!

붙임 딱지 붙여요.

QR 찍고 발음 듣기

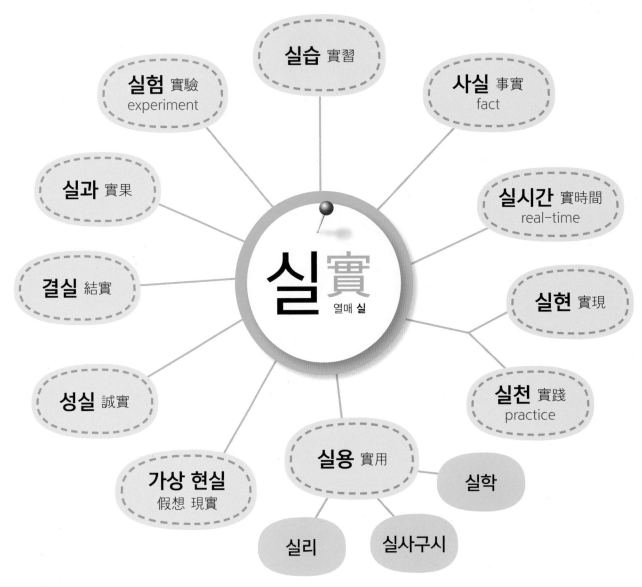

 '실(實)' 자에는 실험, 사실처럼 '실제로'라는 뜻과 성실, 결실처럼 '수확물', '결과물'이라는 뜻이 있어요.

1 ( ) 안에서 문장에 어울리는 낱말을 골라 ○ 하세요.

 (성실 / 실천)하게 일했더니 그 (사실 / 결실)로
나무마다 (실과 / 실용)이/가 주렁주렁 열렸어.

 최선을 다해서 노력하면 (실현 / 실험)이 불가능한 꿈은 없어.

 텔레비전으로 월드컵 축구 중계를 (실험 / 실시간)으로 볼 수 있대.

 이 주방 용품은 기능이 다양해서 (실용 / 사실)적이네!

 동물을 이용한 의학 (실험 / 사실)에 대한 반대의 목소리가 높아.

 오후에는 현장에서 직접 체험할 수 있는 현장 (실습 / 실현)을 할 거야.

 무슨 일이 있었는지 네가 본 것을 (실용 / 사실)대로 이야기해 보렴.

2 친구의 이야기를 읽고, 빈칸에 들어갈 낱말을 보기 에서 골라 써 보세요.

최근에 영화나 게임에서 자주 쓰이는
이 첨단 기술은, 마치 실제와 똑같은

을 체험할 수 있어.

 보기   가상 현실   실용   성실   실천

실험
實(열매 실) 驗(시험 험)

실험은 일정한 조건을 만들어 주고, 어떤 현상이 일어나는지 실제로(열매 실, 實) 시험해(시험 험, 驗) 보는 거예요. 주로 어떤 이론이 실제로 가능한지 알아보고, 증명하기 위해 하지요.

실습
實(열매 실) 習(익힐 습)

이론으로 배운 것을 실제로 경험하면서 익히는(익힐 습, 習) 것을 실습이라고 해요. 실습을 하는 교실을 '실습실', 실습을 하기 위한 수업을 '실습수업'이라고 하지요.

사실
事(일 사) 實(열매 실)

사실은 실제로 일어난 일(일 사, 事)을 말해요. 사람마다 다르게 가질 수 있는 감정이나 느낌, 생각 같은 것이 아니라 겉으로 드러난 사건이나 현상을 가리키지요. 거짓이 없는 사실(참 진, 眞)은 '진실'이라고 해요.

실시간
實(열매 실) 時(때 시) 間(사이 간)

실시간은 '실제의 시간과 동시에'라는 뜻이에요. '텔레비전에서 축구 경기를 실시간으로 보여 준다.'라고 하면, 축구 경기를 하는 시간과 동시에 방송으로 경기를 볼 수 있다는 말이에요.

실현 / 실천
實(열매 실) 現(나타날 현)
踐(밟을 천)

실현은 실제로 나타나거나(나타날 현, 現) 이루어지는 것을 말해요. 실천은 말 그대로 풀면 '실제로 발을 디디다(밟을 천, 踐)'라는 뜻으로, 생각한 것을 실제로 행하는 것이에요.

실용
實(열매 실) 用(쓸 용)

실용은 실제로 쓸모 있게 사용할(쓸 용, 用) 수 있는 거예요. 조선 시대의 '실학'은 실생활에 쓸 수 있는 학문으로, 사실을 바탕으로 진리를 탐구하는 '실사구시'의 영향을 받아 실제의 이익인 '실리'를 중요하게 여겼어요.

가상 현실
假(거짓 가) 想(생각 상)
現(나타날 현) 實(열매 실)

'가상'은 사실이 아니거나(거짓 가, 假) 사실인지 분명하지 않은 것을 사실로 가정해 생각하는 거예요. 따라서 실제가 아니지만, 마치 실제처럼 보이게 하는 현실을 가상 현실이라고 해요

성실
誠(정성 성) 實(열매 실)

'실(實)' 자는 수확물 혹은 결과물을 뜻하기도 해요. 성실은 좋은 결과물을 얻기 위해 정성(정성 성, 誠)을 쏟는 거예요. 상대어로 '아니 불/부(不)' 자가 더해진 '불성실'이 있어요.

결실
結(맺을 결) 實(열매 실)

나무에서 열매가 열리거나, 거두어들일 수 있을 만큼 익은 열매를 결실이라고 해요. 노력했던 일의 성과나 결과가 좋을 때도 '좋은 결실을 거두었다.'라고 표현해요.

실과
實(열매 실) 果(과실 과)

실과는 과일, 과실과 같은 낱말로, 나무에서 열리고 사람이 먹을 수 있는 열매를 뜻해요. 사과, 배, 귤 같은 열매는 과일이라 하고, 실과는 도토리, 밤 같은 열매까지 포함해요.

가짜이지만 진짜 같은 가상 현실

　3차원 입체 영화인 3D 영화를 볼 때, 특수 안경을 끼면 평평한 화면 안의 내용이 마치 눈앞에서 벌어지는 일처럼 생생하게 느껴지지요? 이렇게 가짜로 만들어졌지만 실제로 존재하는 것처럼 보이고 느껴지게 하는 것을 '가상 현실'이라고 해요. 이러한 가상 현실 기술은 게임이나 영화뿐 아니라 의학, 군사 등의 분야에도 활용되고 있답니다.

〈가상 현실의 활용〉

우리가 살고 있는 현실 공간에 숨은 가상의 게임 캐릭터를 찾아내는 게임이에요. 실제의 현실 공간에 가상을 더해서 만들었다고 하여 이런 기술을 '증강 현실'이라고도 해요.

의학 분야에서는 수술이나 해부 연습을 할 때 마치 진짜와 같은 가짜인 가상 현실을 사용해서 안전하게 실습을 해요. 또 중요한 수술을 앞두고 미리 가상 수술을 해 보는데, 이렇게 하면 수술 성공률을 높일 수 있답니다.

이라크 전투 장면을 실험하는 가상 현실 시스템이에요. 전용 헬멧에 붙은 고글을 끼면, 이라크 중심가가 나타나면서 헬리콥터 소리가 들릴 뿐 아니라 폭발의 진동까지 느낄 수 있어요. 이렇게 하면 실제로 이라크의 전쟁터에서 훈련을 하는 효과가 있겠지요?

　유비쿼터스(Ubiquitous)는 '시간과 공간을 초월해서 신이 언제 어디서나 인간과 함께한다.'라는 의미의 라틴어에서 유래한 낱말로, 언제 어디서나 존재한다는 뜻이에요. 컴퓨터 네트워크로 연결되는 전자 기기가 있는 곳이라면 어디든 실시간으로 서비스를 제공하는 유비쿼터스는 가상 현실을 앞당길 수 있는 기술이지요.

1 다음에서 설명하는 낱말을 찾아 선으로 이어 보세요.

눈앞에 실제로 나타나는 것 •	• **실시간**
실제로 시험해 보는 것 •	• **실험**
지금 이 시간과 같은 때 •	• **성실**
노력하고 정성을 쏟는 태도 •	• **실현**
실제로 일어난 일 •	• **사실**

2 다음 글을 읽고, 빈칸에 들어갈 낱말을 보기 에서 찾아 ○ 하세요.

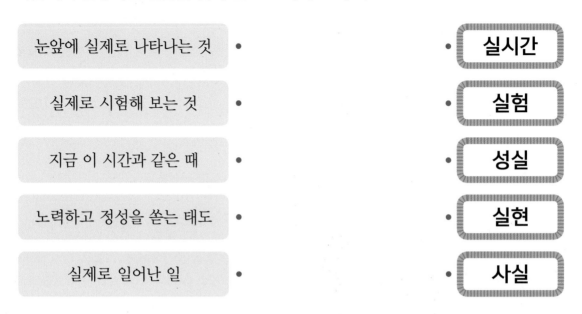

조선 후기에 정약용을 비롯한 학자들은 이론만 연구하는 학문을 벗어나서 실생활에 쓸모 있게 쓰여야 한다는 ☐☐을 연구했어요. 그 결과로 무거운 물건을 들어 올리는 거중기를 설계해서 수원 화성을 짓는 데 도움을 주기도 했답니다.

정약용이 설계한 거중기

보기 실학   실습   실과   실천

3 속뜻짐작 밑줄 친 낱말과 비슷한 뜻을 가진 낱말을 찾아보세요. (   )

계획을 잘 세우는 것도 좋지만, 거기에 맞게 **실천**을 하는 게 더 중요해.

① 실험   ② 실행   ③ 실학   ④ 실리

뉴스(news)는 '사실'을 있는 그대로 전달해야 해요.
뉴스와 관련된 단어를 영어로 살펴볼까요?

newspaper

newspaper는 '신문'이에요. 새로운 소식(news)을 종이(paper)에 담아 전하는 형태를 말하지요.

뉴스(news)에서 'new'는 예전과 다르거나 사람들에게 미처 알려지지 않은 새로운 것을 뜻하는 말이에요. 그런데 이 단어의 범위가 넓어져서 우리가 흔히 방송이나 신문 매체에서 전하는 새로운 소식들까지도 news라고 하게 되었어요.

weather report

'날씨'를 뜻하는 weather와 '보도하다'라는 뜻의 report가 합쳐진 wether report는 '일기 예보'를 뜻해요. 앞으로의 날씨를 미리 측정해서 알려 주는 뉴스로, 농업, 건설업, 스포츠, 관광 산업 등 경제 활동에 많은 영향을 주어요.

I주 2일
학습 끝!

붙임 딱지 붙여요.

fact

뉴스로 보낼 기사를 취재할 때에는 기자의 개인적인 의견이나 느낌을 담는 것이 아니라, 실제로 있었던 '사실(fact)'을 있는 그대로 전달해야 해요. 그래서 기자들은 기사 작성의 여섯 가지 원칙인 '누가(who)', '언제(when)', '어디서(where)', '무엇을(what)', '어떻게(how)', '왜(why)'에 따라 뉴스 기사를 작성해요.

QR 찍고 발음 듣기

상식 常識
common sense

지식 知識
knowledge

학식 學識

박학다식
博學多識

무식 無識

홍채 인식

식 識
알 식

식별 識別

인식 認識

지문 인식

음성 인식

일면식 一面識

감식 鑑識

무의식 無意識

잠재의식
潛在意識

1 다음에서 설명하는 낱말을, 초성 힌트를 참고하여 〈낱말표〉에서 찾아 색칠해 보세요.

① 의식이 없는 마음의 상태 **예** 동생이 자다가 ⓜⓞⓢ 중에 눈을 비볐어.

② 어떤 사물을 거울삼아 자세히 관찰해서 참과 거짓을 알아내는 것
   예 화재 현장에서 수사관들이 현장 ⓖⓢ을 시작했다.

③ 한 번 정도만 인사를 나누어 조금 아는 사이 **예** 나는 그와 ⓞⓜⓢ도 없어서 좀 어색해.

④ 배움으로 알게 된 지식과 학문, 태도의 수준
   예 우리 교수님은 ⓗⓢ이 깊으셔서 존경을 받고 있지.

⑤ 경험이나 배워서 알게 된 정보 **예** 외국인인 그는 우리나라에 대한 ⓩⓢ이 거의 없어.

⑥ 사람들이 공통으로 알아야 하는 지식 **예** 운전을 하려면 안전 운전 ⓢⓢ을 꼭 알아 두세요!

⑦ 기본 상식이나 교양을 갖추지 못한 것 **예** 어른한테 반말을 하다니, 참 ⓜⓢ하네!

⑧ 폭넓게 두루두루 아는 지식이 많은 것 **예** 우리 형 별명은 백과사전이야. ⓑⓗⓓⓢ하거든.

⑨ 어떤 일이나 사물을 구별해서 파악하는 것 **예** 어두워서 얼굴을 ⓢⓑ하지 못했어.

⑩ 어떤 상황이나 사물을 잘 구별해서 판단하는 과정
   예 홍채 ⓞⓢ을 하는 스마트폰에는 눈을 가져다 대면 잠금장치가 해제돼.

낱말표

유식	무식	구식	이식	인식
식별	편식	지식	소식	무의식
주식	개기일식	부식	가식	연식
일식	일면식	상식	감식	박학다식
조식	미식	의식	형식	학식

 낱말표에 숨겨진 글자를 찾아봐!

지식
知(알 지) 識(알 식)

어떤 대상에 대해서 보고 들은 것, 또는 배움을 통해서 알게(알 지, 知) 된 정보를 **지식**이라고 해요. 지식과 교양을 갖춘 사람(사람 인, 人)을 '지식인'이라고 하지요.

상식
常(항상 상) 識(알 식)

상식은 '사람들이 공통으로 알아야 하는 지식'이에요. 학문적인 지식과 함께 교양을 뜻하기도 하는데, 상식이 전혀 없는 것은 '몰상식'이라고 해요.

학식
學(배울 학) 識(알 식)

배움으로(배울 학, 學) 알게 된 지식을 **학식**이라고 해요. '학식이 높다.', '학식이 깊다.'고 하면 단순히 지식만 많은 게 아니라 그에 어울리는 어질고 너그러운 태도를 함께 갖추었다는 뜻이에요.

무식
無(없을 무) 識(알 식)

무식은 제대로 배우지 못한 데다 보고 들은 것도 없어서 아는 것(알 식, 識)이 없다(없을 무, 無)는 뜻이에요. 이때 '아는 것'이란 남들이 알기 어려운 지식이 아닌 '상식'을 말해요.

식별
識(알 식) 別(다를 별)

식별은 어떤 일이나 사물을 구별해서 알아보는 거예요. 눈에 보이지 않는 가치를 판단하기 보다는 눈으로 가늠할 수 있는 거리에서 어떤 사물을 알아보는 것이지요.

일면식
一(한 일) 面(낯 면) 識(알 식)

한 번(한 일, 一) 정도 만나 얼굴(낯 면, 面)을 익힐 정도로만 아는 것을 **일면식**이라고 해요. 모르는 사이도 아니고, 친하게 지낼 정도로 가까운 사이도 아닌 그저 조금 아는 관계를 말하지요.

무의식 / 잠재의식
無(없을 무) 意(뜻 의) 識(알 식)
潛(잠길 잠) 在(있을 재)

무의식은 의식이 없어서 자신의 행동을 깨닫지 못하는 상태예요. 무의식과 의식의 중간인 **잠재의식**은 부분적으로만 의식되는 것으로, 어떤 계기가 있을 때 의식 상태로 바뀌기도 하지요.

감식
鑑(거울 감) 識(알 식)

어떤 사물의 가치를 알아보거나 진짜와 가짜 등을 가리는 것을 **감식**이라고 해요. 또 수사 과정에서 지문이나 유전자 같은 증거를 과학적으로 분석해 판정하는 것을 뜻하기도 하지요.

인식
認(알 인) 識(알 식)

인식은 어떤 대상을 잘 구별해서 알아보는 거예요. 사람 눈의 홍채를 구별해서 알아보는 것은 '홍채 인식', 손가락 지문을 구별해서 알아보는 것은 '지문 인식', 사람의 목소리를 구별해서 알아보는 것은 '음성 인식'이라고 해요.

박학다식
博(넓을 박) 學(배울 학)
多(많을 다) 識(알 식)

박학다식은 넓은(넓을 박, 博) 학식(배울 학, 學)과 많은(많을 다, 多) 지식(알 식, 識)이에요. 여러 분야에 걸쳐 두루두루 아는 것이 많다는 뜻이지요.

책을 재미있게 읽을 수 있는 배경지식

'배경지식'은 머릿속에 들어 있는 지식이나 경험을 말해요. 사람들과 이야기를 할 때 배경지식이 많으면 더 잘 이해할 수 있지요. 배경지식을 쌓으려면 많은 경험을 하고 다양한 분야의 책을 읽어야 해요. 배경지식이 있으면 동화책도 더 재미있게 읽을 수 있어요. '브레멘의 음악대'라는 동화의 배경지식을 함께 살펴볼까요?

〈브레멘의 음악대의 배경지식〉

1. 줄거리

평생 주인을 위해 일하다가 늙어서 버림을 받은 당나귀는 브레멘시로 가서 떠돌이 악사가 되기로 해요. 당나귀는 브레멘시로 가는 길에 노래를 잘 하고 싶은 수탉과 입 냄새가 심한 개, 쥐를 잡지 않았다고 쫓겨난 고양이를 만나 서로 의지하며 음악대를 만들어요.

2. 지은이

독일의 언어학자이자 작가인 야콥 그림 (1785~1863)과 빌헬름 그림(1786~1859)이에요. 이 둘은 보통 '그림 형제'로 불려요.

3. 지은이가 살았던 시대 배경

당시 독일은 계속되는 종교 전쟁과 왕위 싸움으로 오스트리아와 프로이센으로 나누어져 있다가 결국 1806년 나폴레옹 1세에게 침략을 당해 해체된 상태였어요.

4. 지은이가 작품을 쓴 배경

그림 형제는 다른 독일인들처럼 전쟁 때문에 힘들게 생활했지만, 마치 자신들처럼 서로 의지하고 고난을 이겨 내는 브레맨 음악대에 대한 이야기를 쓰며 버텼어요. 해체된 독일 민족을 통일시키려면 먼저 언어와 문화의 화합이 중요하다고 생각한 그림 형제는 독일의 신화와 민담 등을 연구하면서 40편에 가까운 동화를 펴냈답니다.

1 친구들의 대화를 읽고, 빈칸에 들어갈 낱말을 보기 에서 찾아 써 보세요.

지문은 사람마다 모양이 다르고 평생 변하지 않아서

개인의 신분을 ☐☐ 하는 암호로 사용된대.

맞아. 휴대 전화에 자신의 지문을 등록했다가 사용하기 전에

☐☐ 시켜서 잠금 해제를 할 수 있어.

또 사건 현장에서 발견된 지문을 비교해서 모양이 일치하는

사람을 찾는 ☐☐ 에 쓰이기도 해.

> 보기   인식   감식   식별

2 다음 중 낱말의 뜻을 잘못 말한 친구를 찾아 X 하세요.

 수정 한 번 정도 만나 얼굴을 익힐 정도로만 아는 것을 '일면식'이라고 해.

 승호 '식별'은 어떤 일이나 사물을 눈으로 구별해서 아는 것을 뜻해.

 지윤 사람이 공통으로 알아야 하는 지식을 뜻하는 낱말은 '박학다식'이야.

 윤수 의식이 없는 상태는 '무의식'이야.

3 속뜻짐작 다음 빈칸에 공통으로 들어갈 낱말은 무엇인가요? ( )

책을 읽을 때나 다른 사람과 이야기를 할 때 ☐ 이 많으면 작가가 전하려는 이야기나 다른 사람의 말을 더 잘 이해할 수 있어.

맞아. ☐ 을 쌓으려면 여러 분야의 책을 많이 읽는 게 좋아.

① 일면식

② 몰상식

③ 박식

④ 배경지식

'지식'을 뜻하는 knowledge는 '알다'라는 동사 know에서 나온 단어예요.
지식과 관련된 영어 단어를 알아볼까요?

background knowledge

background는 뒤를 둘러싸고 있는 것, 즉 '배경'을 말해요.
따라서 background knowledge는 '배경지식'이지요. 배
경 지식은 이미 머릿속에 들어 있는 지식을 말해요. 배경지
식이 많으면 공부할 때 도움이 되고, 어려운 시험 문제도 척
척 풀 수 있지요.

I주 3일
학습 끝!

붙임 딱지 붙여요.

have knowledge, apply knowledge, create knowledge

신체를 사용하는 일을 대부분 기계가 대신해 주는 요즘 세상에서는 지식을 활용하는 능력
이 중요해요. 따라서 '지식을 갖고 있는(have knowledge) 것'으로 그치면 안 되고, '지식
을 적용(apply knowledge)'할 수 있어야 하고 더 나아가서는 '새로운 지식을 창조(create
knowledge)'할 수도 있어야 해요.

QR 찍고 발음 듣기

회사 會社 company

사회 社會 society

청문회

토론회

회의 會議 meeting

정상 회담 頂上 會談

회원 會員 member

국회 國會

회 會 모일 회

대회 大會

집회 集會

전시회 展示會

총회 總會

연주회 演奏會 concert

강연회 講演會

박람회 博覽會 fair

1 다음 그림과 설명에 알맞은 낱말을 보기 에서 찾아 써 보세요.

함께 모여
무리를 이루는
집단

이익을 얻기 위한 목적으로
만들어진 곳

법률을 만드는
국가 기관

원하는 것을 알리거나 주장하기
위한 일시적인 모임

기술이나 재주를 겨루기 위해
만들어진 큰 규모의 모임

청중에게 음악을
들려주기 위한 모임

일정한 주제에 대해
강의를 펼치는 모임

보기   회사   집회   대회   국회   강연회   사회   연주회

사회
社(모일 사) 會(모일 회)

사회는 함께 모여 살아가는 집단을 의미해요. 가족, 마을, 학교, 국가 등의 여러 집단 형태를 사회라고 할 수 있어요. 인간뿐 아니라 고래, 개미, 벌 등 동물도 사회를 이루고 살아가요.

회사
會(모일 회) 社(모일 사)

회사는 이익을 얻기 위한 목적으로 만들어진 집단이에요. 많은 사람들이 다양한 형태의 회사에서 일을 하고, 그 대가로 임금을 받아서 생활해요. '기업(꾀할/바랄 기 企, 일 업 業)'도 회사와 비슷한 뜻으로 쓰여요.

회의
會(모일 회) 議(의논할 의)

회의는 여러 사람이 모여 의견을 주고받거나 토론을 하기 위한 모임을 뜻해요. '청문회'는 어떤 문제에 대해 자세히 듣고 물어보기 위한 회의이고, '토론회'는 어떤 문제에 대해 여러 사람이 의견을 내어 논의하는 회의예요.

회원
會(모일 회) 員(인원 원)

 특정한 목적을 가진 단체에 속한 사람들(인원 원, 員) 각각을 회원이라고 해요. 학교 동아리처럼 비교적 작은 규모에 속하는 단체의 개개인을 가리키지요.

대회
大(큰 대) 會(모일 회)

대회는 작은 모임이 아니라 규모가 큰(큰 대, 大) 모임이에요. '세계 선수권 대회', '올림픽 대회'처럼 많은 사람들이 기술이나 재주를 겨루기 위한 목적으로 만들어요.

전시회 / 연주회
展(펼 전) 示(보일 시) 會(모일 회)
演(펼/멀리 흐를 연) 奏(아뢸 주)

전시회는 특정 물품을 한곳에 모아 놓아 볼 수 있게 한 모임이고, 연주회는 음악을 들려주기 위한 모임, '박람회'는 넓은(넓을 박, 博) 곳에 각종 물품을 진열하고 보여 주는(볼 람, 覽) 모임, '강연회'는 어떤 주제에 대해 강의 형식으로 말하는 모임이에요.

총회
總(거느릴/다 총) 會(모일 회)

총회는 비교적 큰 모임에서 어떤 일을 의논하거나 결정하기 위해 구성원 전체(거느릴/다 총, 總)가 모여서 의논하는 회의를 말해요. '총회의'라고도 하지요.

집회
集(모일 집) 會(모일 회)

특정한 목적을 가진 사람들이 자신들이 원하는 것을 주장하거나 알리기 위해 일시적으로 모이는(모일 집, 集) 것을 집회라고 해요.

국회
國(나라 국) 會(모일 회)

국회는 법률을 만들거나 나라의 중요한 일을 결정하는 국가 기관이에요. 민주주의 국가에서는 국민들이 국민을 대표하는 국회 의원을 직접 뽑고, 그 국회 의원들이 모여 국회를 구성하지요.

정상 회담
頂(정수리/꼭대기 정) 上(위 상)
會(모일 회) 談(말씀 담)

나라를 대표하는 가장 높은 직위에 있는 사람들이 모여 어떤 문제를 두고 토의하는 모임을 정상 회담이라고 해요. '정상'의 '정(頂)' 자는 사람의 머리 윗부분인 '정수리'를 가리키는데, 직위나 위치가 높은 것을 비유적으로 나타내지요.

우리나라 역사 속 신분 사회

'신분'은 언제부터 있었을까요? 우리나라 최초의 국가인 고조선 사회의 '8조 금법'을 보면 '남의 물건을 훔친 자는 노비로 삼는다.'고 되어 있어요. 이때부터 이미 신분이 나뉘어 있었다는 걸 알 수 있지요. 시대에 따라 신분을 어떻게 나뉘었는지 알아볼까요?

왕족 | 귀족 | 평민 | 천민

삼국 시대
왕족과 귀족, 평민, 천민으로 신분이 나뉘었어요. 신라의 골품 제도를 보면 왕족도 출신에 따라 '성골'과 '진골'로 나뉘었고, 그 아래 6두품에서 1두품까지 나뉘었어요.

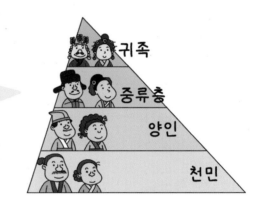

귀족 / 중류층 / 양인 / 천민

고려 시대
고려에서 귀족은 왕족을 비롯한 고위 관리를 뜻했어요. 그 아래로 행정이나 기술직 등을 담당한 중류층이 있었고, 세금을 내야 하는 양민과 최하층의 천민이 있었지요.

양인
양반
중인
상민

천민

조선 시대
'양천제'라고 하여 양인과 천민으로 나뉘었지만, 양인은 다시 양반, 중인, 상민으로 나뉘었어요. 양반은 지배층으로 관직에 오를 수 있었고, 중인은 양반과 상민의 중간 계층으로 역관이나 의관 등을 했지요. 상민은 대부분 농민으로 세금과 군역을 부담했고, 천민은 대부분이 노비였어요.

낱말상식 톡

노비는 남자와 여자 종을 아울러 이르는 낱말이에요. '종'은 남의 집에 살면서 힘들고 천한 일을 하던 사람을 뜻하지요. 조선 초에 노비 신분은 전체 인구의 3분의 1을 차지할 정도로 많았다고 해요.

1 빈칸에 들어갈 낱말을 찾아 ○ 하세요.

| 대통령이 미국에서 열리는 한·미 ☐☐에 참석하기 위해 오늘 미국으로 출국했습니다. | 11월 정기 ☐☐에서는 국회 의원들이 모여 내년 국가 예산에 대한 안건을 심의합니다. | 남과 북의 정상이 유엔 ☐☐에 동시 참석할 것인지 모두의 관심이 모아지고 있습니다. |

박람회 **정상 회담**   **국회** **사회**   **총회** **강연회**

2 각 행사 현수막의 빈칸에 들어갈 낱말을 찾아 선으로 이어 보세요.

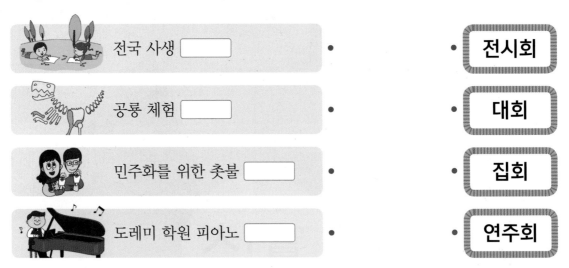

전국 사생 ☐☐ •

공룡 체험 ☐☐ •

민주화를 위한 촛불 ☐☐ •

도레미 학원 피아노 ☐☐ •

• **전시회**

• **대회**

• **집회**

• **연주회**

3 속뜻짐작 안내문의 빈칸에 들어갈 낱말을 보기에서 찾아 써 보세요.

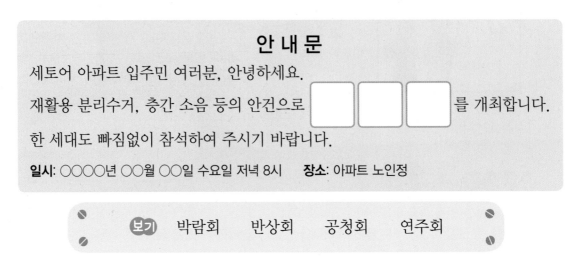

안 내 문

세토어 아파트 입주민 여러분, 안녕하세요.

재활용 분리수거, 층간 소음 등의 안건으로 ☐☐☐를 개최합니다.

한 세대도 빠짐없이 참석하여 주시기 바랍니다.

일시: ○○○○년 ○○월 ○○일 수요일 저녁 8시   **장소:** 아파트 노인정

보기 박람회   반상회   공청회   연주회

스포츠와 같은 특정한 취미 생활을 즐기기 위한 모임을 '동호회' 또는 '클럽'이라고 해요.
다양한 취미 활동 클럽에 대해 알아볼까요?

drama club

drama club은 '연극반'이에요. drama는 극장이나 텔레비전에서 하는 극이나, 공연장에서 볼 수 있는 '연극'을 가리켜요. '연극 공연'은 play라는 단어를 사용할 수도 있어요.

I'm a producer in the drama club.
(나는 연극반에서 제작자를 맡고 있어.)

broadcasting club

broadcasting club은 '방송반'이에요. broadcast는 '방송을 해 널리 알리다'는 뜻이고 broadcasting은 '방송', 즉 음성이나 영상 등을 전파로 내보내는 일을 뜻해요.

That concludes the broadcasting for today.
(이상으로 오늘의 방송을 마치겠습니다.)

I주 4일
학습 끝!

붙임 딱지 붙여요.

soccer club

soccer club은 '축구반'이에요. '축구'는 football이라고도 해요. 럭비 경기와 비슷한 '미식축구'는 American football이에요.

I play center defender on the soccer team.
(나는 축구팀에서 중앙 수비수를 맡고 있어.)

cooking club

cooking club은 '요리반'이에요. '요리하는 과정', '음식 준비'는 영어로 cooking이라고 해요. cook은 '요리하다', '(밥을) 짓다'이고, '요리 기구'는 -er을 붙여 cooker라고 해요.

Please join our cooking club!
(우리 요리반에 들어와.)

QR 찍고 발음 듣기

열정 熱情 passion

열심 熱心

가열 加熱

열풍 熱風

태양열 太陽熱

열熱
더울 열

과열 過熱 overheat

열량 熱量 calorie

해열제 解熱劑

교육열 敎育熱

열대 熱帶 tropical

열대야

학구열 學究熱

열대 우림

열대 기후

1 빈칸에 알맞은 낱말을 초성 힌트를 참고하여 보기에서 찾아 써 보세요.

① 감기 때문에 열이 많이 나서 [ㅎ][ㅇ][ㅈ]를 먹었다.

② 나는 건강해지기 위해서 [ㅇ][ㅅ]히 운동했다.

③ 한여름에는 밤에도 더운 [ㅇ][ㄷ][ㅇ] 현상이 나타난다.

④ 요즘 초등학생들 사이에서 독서 [ㅇ][ㅍ]이 불고 있다.

⑤ 식기를 끓는 물로 [ㄱ][ㅇ]하여 소독했다.

⑥ [ㅌ][ㅇ][ㅇ] 주택은 태양 에너지를 모아서 난방을 한다.

⑦ 과자는 [ㅇ][ㄹ]이 높아서 많이 먹으면 살이 찔 수 있다.

⑧ '배움의 민족'으로 일컬어지는 유대인의 [ㄱ][ㅇ][ㅇ]은 남달랐다.

⑨ 축구 시합에서 선수들의 경쟁이 [ㄱ][ㅇ]되어 반칙이 많았다.

⑩ 어떤 꿈이든 [ㅇ][ㅈ]을 가지고 노력하면 이룰 수 있다.

보기

열대야	과열	열심	가열	교육열
해열제	열정	열풍	열량	태양열

37

열심
熱(더울 열) 心(마음 심)

열심은 하는 일에 마음을 다해 힘쓰는 거예요. 이렇듯 어떤 일에 마음과 정성을 다하는 것을, 마음(마음 심, 心)에 열(더울 열, 熱)이 나는 모습에 비유한 것이지요.

열정
熱(더울 열) 情(뜻 정)

열정은 '더울 열(熱)' 자에 '뜻 정(情)' 자가 더해진 낱말로, '뜨거운 마음'이라는 뜻을 지녀요. 즉, 어떤 일에 애정을 가지고 열중하는 마음을 가리키지요.

가열
加(더할 가) 熱(더울 열)

열을(더울 열, 熱) 더한다는(더할 가, 加) 뜻을 가진 가열은 '어떤 사건에 관심이 더해진다'는 뜻으로 쓰이기도 해요.

열풍
熱(더울 열) 風(바람 풍)

열풍은 뜨거운(더울 열, 熱) 바람(바람 풍, 風)을 뜻하기도 하고, 세차게 일어나는 기운이나 기세를 표현할 때도 쓰여요.

> 다이어트 열풍이라 이렇게 조금 먹니?

과열
過(지날 과) 熱(더울 열)

과열은 정도가 지나치게(지날 과, 過) 뜨거워지는 것을 뜻해요. 예를 들어, '전기 난로가 과열되어 화재가 나다.'처럼 쓰지요. 또 지나치게 활기를 띠는 것을 뜻하기도 해서, '과열 입시 교육'처럼 써요.

해열제
解(풀 해) 熱(더울 열)
劑(약 지을 제)

해열제는 몸의 열을 내려 주는 약이에요. 몸의 열이 정상 체온보다 높아졌을 때 몸의 열을 내리기 위해 해열제를 먹어요.

열대
熱(더울 열) 帶(띠 대)

열대는 적도 주변의 온도가 높고 비가 많이 내리는 지대예요. '열대야'는 열대의 밤(밤 야, 夜)처럼 무더위가 밤까지 계속되는 것을, '열대 기후'는 무덥고 비가 많이 내리는 열대의 기후를, '열대 우림'은 열대에서 발달한 삼림을 뜻해요.

학구열 / 교육열
學(배울 학) 究(궁구할 구) 熱(더울 열)
敎(가르칠 교) 育(기를 육)

'열(熱)' 자는 낱말 뒤에 붙어 '어떤 것에 대한 열정'이란 뜻을 더해요. '학구'는 학문을 연구한다는 뜻으로 학구열은 학문 연구에 대한 열정을, 교육열은 교육에 대한 열의를 뜻해요.

열량
熱(더울 열) 量(헤아릴 량/양)

열량은 열에너지의 양으로, 단위는 칼로리(cal)예요. 또 체내에서 발생하는 에너지의 양을 뜻하기도 해요. 사람은 주로 음식을 먹어 에너지를 만들어서 몸을 움직이는 일 등에 써요.

태양열
太(클 태) 陽(볕 양) 熱(더울 열)

태양열은 태양에서 나와 지구에 이르는 열이에요. 태양열을 이용해 전기 에너지를 만드는 것을 '태양열 발전'이라고 하는데, 태양열 발전은 이산화 탄소가 발생하지 않아서 친환경 에너지로 주목받고 있지요.

일 년 내내 더운 열대 기후

'아프리카' 하면 햇볕이 쨍쨍 내리쬐는 무더운 날씨가 떠오르지요? 일 년 내내 무덥고 비가 많이 내리는 열대 기후이기 때문이에요. 열대 기후는 일 년 중에 가장 추운 달의 평균 기온이 18℃ 이상인 기후를 말하고, 비가 오는 정도와 시기에 따라 열대 우림 기후, 열대 사바나 기후, 열대 몬순 기후로 나뉘어요.

〈열대 기후 분포〉

빨간색이 열대 기후 지역이야.

열대 우림 기후 기온이 높고 비가 많이 내려서 나무들이 밀림을 이루고 있어요. 기온이 올라가는 오후에는 세찬 소나기인 '스콜'이 쏟아져요. 일 년 내내 계절 변화 없이 비슷한 날씨가 나타나지요.

밀림

열대 사바나 기후 일 년 내내 기온이 높지만 비가 내리지 않는 건기와 비가 많이 오는 우기가 뚜렷하게 나타나요. 건기가 긴 편이기 때문에 나무가 드문드문 자라고 긴 풀이 많은 사바나 초원이 형성되어 있어요.

초원

열대 몬순 기후 연평균 강수량이 가장 많은 기후예요. 짧은 건기가 있고, 우기에 비가 집중되지요. 특히 인도의 체라푼지는 세계에서 비가 가장 많이 내리는 곳으로 꼽혀요. 열대 몬순 기후는 주로 동남아시아와 남아시아에 나타나는데, 고온 다습한 기후가 벼를 재배하기에 알맞아서 이곳 사람들은 주로 벼농사를 지으며 살아가요.

인도 체라푼지

1 신문 기사의 빈칸에 알맞은 낱말은 무엇일까요? (　　　)

세토어 신문

한국 스피드 스케이팅 사상 최연소 올림픽 메달리스트가 탄생했다. 올해로 17세인 정재원 선수의 이야기를 들어 보자.

정재원: 어떤 일이든 [　　　]만 있으면 좋은 결과를 낼 수 있어요. 저는 스케이팅을 정말 좋아했기 때문에 힘든 순간에도 포기하지 않았어요. 뭐든지 관심 있는 일을 직접 경험하며 꿈을 찾아가는 어린이들이 되면 좋겠습니다.

① 열량 ② 열대 ③ 교육열 ④ 열정

2 각 설명에 해당하는 낱말을 찾아 선으로 이어 보세요.

학문이나 학문 연구에 대한 열정을 뜻해요. •

뜨거운 바람, 또는 매우 세차게 일어나는 기운을 말해요. •

몸의 열을 내려 주는 약이에요. •

정도가 지나치게 뜨겁다는 뜻이에요. •

• 해열제

• 열풍

• 학구열

• 과열

3 속뜻 짐작 빈칸에 알맞은 낱말은 무엇일까요? (　　　)

① 이열치열

② 이판사판

③ 이심전심

④ 이한치한

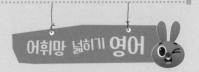
'열대'는 무덥고 비가 많이 내리는 지역이에요.
열대와 관련된 영어 단어를 배워 볼까요?

tropical rain forest

'열대 우림'을 뜻하는 tropical rain forest는 '열대의'라는 뜻의 tropical과 '비'라는 뜻의 rain, '숲'이라는 뜻의 forest가 더해져서 만들어진 단어예요. 열대 지방은 적도 부근에 있어서 일 년 내내 기온이 높고 비가 많이 내려요. 그래서 열대 지방의 숲을 '열대 우림'이라고 해요.

아아아아아~~ 나는 열대 우림의 타잔!

1주 5일
학습 끝!

붙임 딱지 붙여요.

tropical fruit

tropical에 '과일'을 뜻하는 fruit이 합쳐진 tropical fruit은 '열대 과일'을 뜻해요. 바나나와 망고, 망고스틴, 파인애플, 파파야 등이 있지요. 열대 지방에서 나는 과일들은 달고 부드러워 맛이 좋답니다.

두리안은 냄새가 지독해!

역시 열대 과일의 왕답게 맛있어!

tropical night

tropical night는 '열대야'라는 뜻이에요. 한여름이면 너무 더워서 밤이 되어도 더위가 가시지 않지요? 이렇게 너무 더워서 잠들지 못하는 밤을 열대의 밤에 빗대서 tropical night라고 해요.

I couldn't sleep because of the tropical nights.
(열대야 때문에 잠을 못 잤어.)

QR 찍고 발음 듣기

1주

기운이 감염된 '감기'

에~취

콧물이 멈추지 않아.

주르르르

으…

드러버

쯧쯧, '기(氣)'가 감염됐구나?

기?

옛날 한의학 책에는 '기'가 '김'의 뜻으로 쓰이고 있어.

오~

'김'은 입김처럼 숨결을 뜻해.

후

감기는 기가 쇠퇴한 상태고, 숨결에 의해서 전염되지.

훌쩍 훌쩍

그런 얘기를 왜 하는 건데? 에~취!

콜록

콜록

감기(느낄 감 感, 기운 기 氣): 호흡 기관에 생기는 병의 하나로,
쇠퇴한 기운이 숨결로 전염되는 질병이에요.

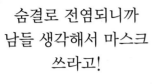

숨결로 전염되니까 남들 생각해서 마스크 쓰라고!

아~, 알겠어.

척

감기가 빨리 나으려면 물을 많이 마시고 잠을 충분히 자는 게 좋아.

아, 나도 민간요법 하나 알아.

♪ 주섬

주섬

?

이걸 코에 끼워 넣으면 감기가 금방 떨어진대!

훌렁

잉?

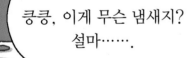

쿵쿵, 이게 무슨 냄새지? 설마…….

마늘을 코에? 헛소리 말고 냄새나니까 빨리 가서 잠이나 자!

농담이야, 농담!

소(所)가 들어간 낱말 찾기

- **소문** 所聞 rumor
- **소원** 所願 wish
- **소지품** 所持品
- **발전소** 發電所 power plant
- **소유** 所有
- **업소** 業所
- **소득** 所得 income
- **급소** 急所
- **근로 소득**
- **불로 소득**
- **국민 소득**
- **구치소** 拘置所
- **교도소** 矯導所 prison
- **파출소** 派出所
- **주소** 住所 address

소 所
바 소

'소(所)' 자에는 소원처럼 '~한 것'이라는 뜻과 발전소처럼 '무엇이 있는 장소'라는 뜻이 있어요.

1 사다리를 타고 내려가면, 뜻풀이에 해당하는 낱말을 말하는 사람을 만날 수 있어요.
빈칸에 들어갈 낱말을 보기에서 찾아 써 보세요.

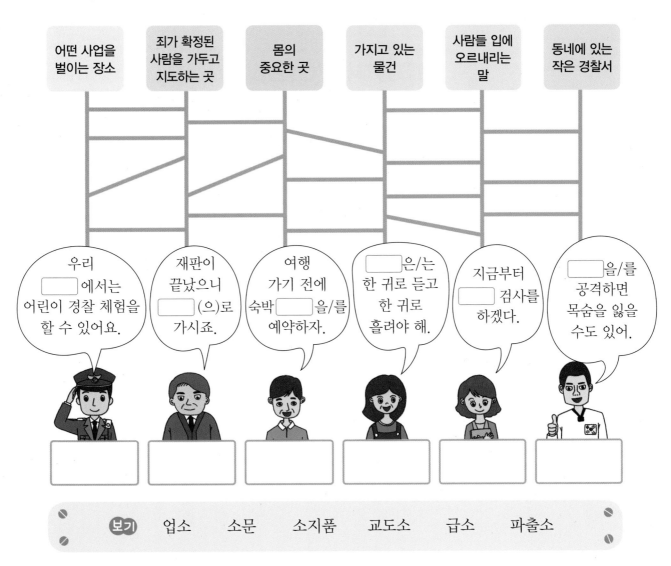

어떤 사업을 벌이는 장소

죄가 확정된 사람을 가두고 지도하는 곳

몸의 중요한 곳

가지고 있는 물건

사람들 입에 오르내리는 말

동네에 있는 작은 경찰서

우리 ☐에서는 어린이 경찰 체험을 할 수 있어요.

재판이 끝났으니 ☐(으)로 가시죠.

여행 가기 전에 숙박 ☐을/를 예약하자.

☐은/는 한 귀로 듣고 한 귀로 흘려야 해.

지금부터 ☐ 검사를 하겠다.

☐을/를 공격하면 목숨을 잃을 수도 있어.

보기 업소   소문   소지품   교도소   급소   파출소

2 각 설명에 알맞은 낱말을 찾아 선으로 이어 보세요.

전기를 만들어 내는 곳 •   • 소원

일을 해서 얻은 것 •   • 소득

원하는 것 •   • 발전소

45

소원
所(바 소) 願(원할 원)

소원은 어떤 일이 이루어지기를 원하는(원할 원, 願) 거예요. 이때 '소(바 소, 所)' 자는 '~한 것'이라는 뜻으로 쓰였지요. 비슷한말로 '희망', '염원'이 있어요

소문
所(바 소) 聞(들을 문)

'발 없는 말이 천 리 간다'는 속담은 말이나 소문은 쉽게 퍼지니 말조심을 하라는 뜻이에요. 소문은 '들은 것'이라는 뜻으로, '이리저리 떠도는 말'이에요. 그래서 진실인지 아닌지를 확실히 알 수 없답니다.

소지품
所(바 소) 持(가질 지) 品(물건 품)

'소지'는 무엇을 지니고(가질 지, 持) 있는 것(바 소, 所)을 가리켜요. 여기에 '물건 품(品)' 자를 더한 소지품은 지니고 있는 물건을 뜻하지요.

소유
所(바 소) 有(있을 유)

자기의 것으로 가지는 것을 소유라고 해요. 자기의 것으로 가지고 있는 물건(물건 물, 物)을 '소유물'이라고 하고, 어떤 물건을 가질 수 있는 권리(권세 권, 權)를 '소유권'이라고 하지요. 소유와 비슷한말로 '소지'가 있어요.

소득
所(바 소) 得(얻을 득)

일을 해서 얻은(얻을 득, 得) 것을 소득이라고 해요. '근로 소득'은 노동의 대가로 얻은 소득이고, '불로 소득'은 일을 하지 않고(아니 불/부, 不) 얻은 소득이에요. '국민 소득'은 일 년 동안 한 나라의 국민이 얻은 모든 소득이지요.

주소
住(살 주) 所(바 소)

어떤 집이든 그것이 자리 잡고 있는 곳을 나타낸 주소가 있어요. 주소는 '사는 곳'이라는 뜻이에요. 여기서 '소(所)'는 '어떤 일을 하는 곳'으로 쓰였는데, 장소를 가리키는 낱말에는 '소(所)' 자가 많이 들어가 있어요.

파출소 / 교도소
派(물갈래 파) 出(날 출) 所(바 소)
矯(바로잡을 교) 導(인도할 도)

파출소는 동네에 파견된 경찰관이 경찰 업무를 처리하는 곳이에요. 교도소는 죄가 확정된 사람을 가두는 곳이고, '구치소'는 아직 판결이 내려지지 않은 사람을 가두어(잡을 구, 拘) 두는(둘 치, 置) 곳이에요.

급소
急(급할 급) 所(바 소)

우리 몸의 중요한 부분을 급소라고 해요. '급할 급(急)' 자가 '중요하다'라는 의미로 쓰여서, 다치면 생명이 위험한 몸의 중요한 부분을 뜻해요.

업소
業(일 업) 所(바 소)

업소는 어떤 사업(일 업, 業)을 벌이는 곳이에요. '숙박업소'는 여관이나 호텔처럼 돈을 받고 손님이 잠자고(잠잘 숙, 宿) 머무르는(머무를 박, 泊) 곳이지요.

발전소
發(필 발) 電(번개 전) 所(바 소)

발전소는 전기(번개 전, 電)를 일으키는(필 발, 發) 시설을 갖춘 곳이에요. 바람(바람 풍, 風)의 힘을 이용하는 '풍력 발전소', 물(물 수, 水)이 떨어질 때 생기는 힘을 이용하는 '수력 발전소', 태양을 이용하는 '태양열 발전소' 등이 있지요.

소득을 얻는 다양한 방법

'소득'은 '일을 해서 얻은 이익'을 뜻해요. 우리는 부모님의 소득으로 학원도 다니고 옷과 학용품 등 필요한 물건을 살 수 있어요. 그런데 돈을 버는 방법은 여러 가지가 있어요. 소득을 얻는 다양한 방법을 알아볼까요?

근로소득

부지런히(부지런할 근, 勤) 일을 한 대가로 얻은 소득이에요. 주로 회사나 공장, 가게 등에서 일을 하고 받는 월급으로, 여기에는 각종 수당과 상여금 등이 포함되지요.

사업소득

자신이 직접 공장이나 회사, 가게 등을 운영해서 벌어들이는 소득이에요. 농부가 농사를 짓고, 어부가 물고기를 잡아서 버는 돈도 사업 소득에 속하지요.

불로소득

일을 하지 않고 얻은 소득을 말해요. 경품처럼 공짜로 얻는 것도 있지만, 은행에 돈을 맡기고 받는 이자, 집을 빌려주고 받는 집세, 땅을 빌려주고 받는 땅세, 재산을 물려받는 상속, 노인이 받는 연금 등도 불로소득에 속해요.

 톡

월급은 일을 한 대가로 한 달(달 월, 月)마다 지급하는(줄 급, 給) 돈이에요. 고유어로 '달삯'이라고 하지요. 이때 '삯'은 일을 하고 받는 돈이나 물건, 혹은 시설을 이용하고 내는 돈 등을 가리키는 낱말로, '뱃삯'은 배를 타거나 짐을 싣는 데 내는 돈을, '삯바느질'은 삯을 받고 해 주는 바느질을 뜻해요.

1 메모지에 사람들의 소원이 적혀 있어요. 지워진 낱말을 초성 힌트를 참고하여 아래의 빈칸에 써 보세요.

① 지원이가 전학 간다는 █이 사실이 아니면 좋겠어요.

② 경기 중에 █를 다친 훈이가 빨리 완쾌되길!

③ 한민족의 █인 통일이 하루빨리 이루어지길!

④ 내년에는 우리 집 가계 █이 오르기를!

⑤ 어제 버스에 두고 내린 █품을 꼭 찾게 해 주세요!

⑥ 우리 회사가 █한 야구단이 승리하게 해 주세요!

① 소 ㅁ
② ㄱ 소
③ 소 ㅇ
④ 소 ㄷ
⑤ 소 ㅈ
⑥ 소 ㅇ

2 빈칸에 공통으로 들어갈 낱말을 찾아 ○ 하세요.

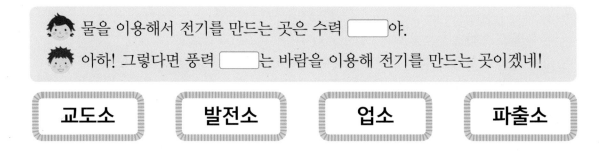

물을 이용해서 전기를 만드는 곳은 수력 □□야.

아하! 그렇다면 풍력 □□는 바람을 이용해 전기를 만드는 곳이겠네!

교도소　　발전소　　업소　　파출소

3 속뜻짐작 다음 대화를 읽고, 빈칸에 들어갈 낱말을 골라 보세요. (　　)

만화 영화를 빨리 보고 싶어요. 들어가요!

안 돼. □□에 가서 표부터 사야지!

① 구치소

② 산소

③ 매표소

④ 휴게소

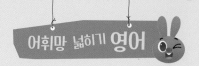
어휘망 넓히기 **영어**

'장소'는 어떤 일이 이루어지거나 일어나는 곳이에요.
다양한 일이 이루어지는 장소들을 영어로 만나 볼까요?

movie theater

'영화'라는 뜻의 movie와 '극장'이라는 뜻의 theater가 합쳐진 movie theater는 '영화관'이라는 뜻이에요. 극장은 연극 등 다양한 공연을 볼 수 있는 공간이지만, 영화관은 영화만 볼 수 있는 장소예요.

museum

museum은 '박물관'이에요. 박물관은 옛날에 쓰던 물건이나 아름다운 미술품 등을 수집·보존·진열해서 여러 사람이 볼 수 있도록 전시해 놓은 곳이에요.

2주 1일
학습 끝!

붙임 딱지 붙여요.

shopping mall

shopping mall은 한군데에서 여러 가지 물건을 살 수 있도록 상점들이 모여 있는 곳, 또는 주차장 시설을 갖춘 '보행자 전용 상점가'를 뜻해요. shopping center(쇼핑센터)라고도 하지요.

bakery

bakery는 빵이나 과자를 만들어 파는 가게인 '빵집'을 말해요. '굽다'라는 뜻의 동사 bake에서 나온 단어이지요. bake에 '상점'이라는 뜻의 shop을 붙인 bakeshop도 '빵집'이에요.

QR 찍고 발음 듣기

비(備)가 들어간 낱말 찾기

수비 守備 defense

예비 豫備 reserve

준비 準備

구비

미비

장비 裝備 gear

비고 備考 note

상비약 常備藥 household medicine

비備 갖출 비

정비 整備

경비실 警備室

설비 투자 設備 投資

비치 備置

건축 설비 建築 設備

1 다음 일기를 읽고, 빈칸에 알맞은 낱말을 보기에서 찾아 써 보세요.

○월 ○○일 날씨: 맑음

내일은 축구 대회가 열린다. 나는 공격수가 아닌 ☐☐를 주로 하는 센터

백이다. 정식 선수는 아니고 ☐☐로 뽑아 놓은 후보 선수지만, 미리미리

☐☐를 잘해야 한다. 그래서 오늘은 공이랑 축구화 같은 운동 ☐☐

를 잘 닦고 살피며 ☐☐를 했다. 내일 대회에서 꼭 이기고 싶다. 이를 악

물고 열심히 뛸 거다. 넘어져도 괜찮다. 경기장에는 항상 ☐☐된 ☐

☐☐이 있으니까. 벌써부터 기대된다. 우리 팀을 응원하는 사람들의 함성

이 들리는 것 같다. 파이팅!

보기 장비 비치 준비 상비약 수비 정비 예비

2 다음 질문에 답이 되는 낱말을 찾아 선으로 이어 보세요.

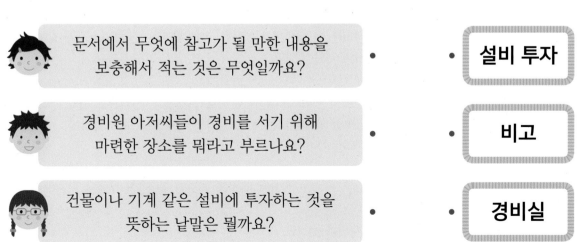

문서에서 무엇에 참고가 될 만한 내용을
보충해서 적는 것은 무엇일까요? •   • **설비 투자**

경비원 아저씨들이 경비를 서기 위해
마련한 장소를 뭐라고 부르나요? •   • **비고**

건물이나 기계 같은 설비에 투자하는 것을
뜻하는 낱말은 뭘까요? •   • **경비실**

준비
準(법도 준) 備(갖출 비)

어떤 일을 하기 전에 미리 갖추어 놓는 것을 **준비**라고 해요. '구비'는 있어야 할 것을 빠짐없이 다 갖춘(갖출 구, 具) 것이고, '미비'는 아직 다 갖추지 못한(아닐 미, 未) 것을 뜻해요.

수비
守(지킬 수) 備(갖출 비)

축구 경기를 보면, 공을 가지고 골대 쪽으로 공격해 오는 공격수를 수비수가 이리저리 막아요. **수비**는 적의 공격을 막고 자기편을 지키는(지킬 수, 守) 것을 뜻해요.

예비
豫(미리 예) 備(갖출 비)

예비 초등학생 예비 신부 예비 엄마

예비는 필요할 때 쓰기 위해 미리(미리 예, 豫) 마련해 갖추어 놓은 것을 뜻해요. 또 다음 단계로 넘어가기 전에 그 준비로 미리 갖추는 것을 뜻하기도 해요.

장비
裝(꾸밀 장) 備(갖출 비)

장비란 어떤 일을 하기 위해 갖추어야 할 도구를 말해요. 등산이나 캠핑, 스포츠 등을 할 때 장비를 잘 갖추어야 더 수월하게 할 수 있고 안전도 지켜 준답니다.

상비약
常(항상 상) 備(갖출 비) 藥(약 약)

상비약은 항상(항상 상, 常) 갖추어 놓는 약(약 약, 藥)이에요. 몸이 아프면 병원에 가야 하지만 혹시 모를 응급 상황이나 병원이 문을 열지 않은 때를 대비해서 준비해 놓는 약이지요.

경비실
警(경계할 경) 備(갖출 비) 室(집 실)

'경비'는 도난이나 사고가 나지 않게 미리 경계하고 대비하는 일이에요. 아파트나 학교에서 경비하는 일을 하는 사람을 '경비원'이라고 하는데, 경비원 아저씨들이 경비를 서기 위해 마련한 장소를 **경비실**이라고 해요.

비치
備(갖출 비) 置(둘 치)

비치는 필요한 것을 갖추어서 어떤 곳에 두는 것을 말해요. 청소 도구는 청소함에 비치해야 하듯이 어떤 물건을 제자리에 갖추어 두는 것을 뜻하지요.

건축 설비 / 설비 투자
建(세울 건) 築(쌓을 축) 設(베풀 설) 備(갖출 비) 投(던질 투) 資(재물 자)

'설비'는 필요한 것을 갖추는 거예요. **건축 설비**는 전기나 조명 등 건축물을 사용하는 데 필요한 시설물을, **설비 투자**는 건물이나 기계 같은 설비에 투자하는 것을 뜻해요.

정비
整(가지런할 정) 備(갖출 비)

흐트러진 것을 가지런하게 바로잡는 것을 **정비**라고 해요. 가로수를 정비한다는 것은 길가의 나무들을 보기 좋게 정리한다는 뜻이에요.

비고
備(갖출 비) 考(상고할 고)

비고는 문서에서 어떤 내용에 참고가 될 만한 내용을 보충해서 덧붙이는 거예요. 문서에 '비고란'이라고 적힌 공간이 있는데, 이것은 비고 내용을 적는 자리를 뜻해요.

골대를 지키는 축구 수비

축구는 11명으로 구성된 두 팀이 서로 상대방의 골대 안으로 공을 많이 넣으면 이기는 스포츠예요. 일반적으로 전반전과 후반전 각각 45분, 총 90분의 경기를 해요. 축구 경기는 공격도 중요하지만 자기편을 지키는 수비도 중요해요. 수비수에 대해 알아볼까요?

중앙 수비수인 **센터백**의 역할은 상대편 선수가 득점하지 못하도록 하는 거예요. 발을 뻗거나 몸을 날려 공격수를 막아 내고, 공중으로 뜨는 볼에 대한 싸움에 적극적으로 참여해요. 경기장 중앙에 위치하며 공격수와 수비수 사이에서 활동하는 미드필더는 상대편의 공을 빼앗아 공격수에게 주는 등 공을 계속 우리 편의 것으로 만드는 일을 해요. 가끔 득점도 하지요. 옆쪽에서 활동하는 수비수인 **풀백**은 공격과 수비를 겸하는 경우가 많고 다른 수비수에 비해 활동 범위가 크기 때문에 주로 체력이 뛰어난 선수가 맡아요. 또한 풀백은 뛰어난 상황 판단 능력도 갖추어야 한답니다.

〈축구 수비수의 위치〉

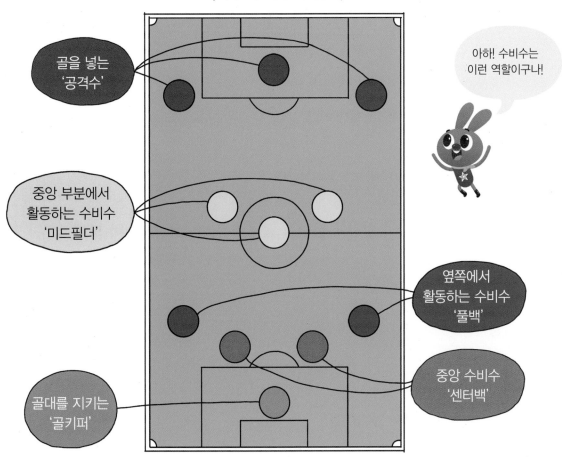

1 빈칸에 들어갈 낱말을 보기 에서 찾아 써 보세요.

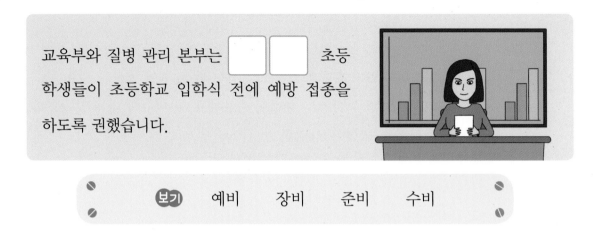

교육부와 질병 관리 본부는 ☐☐ 초등학생들이 초등학교 입학식 전에 예방 접종을 하도록 권했습니다.

보기   예비   장비   준비   수비

2 다음 문장에 어울리는 낱말을 찾아 ○ 하세요.

① 우리 아파트는 도둑이 얼씬 못 하게 (경비원 / 수비) 아저씨들이 잘 지켜요.

② 학생은 교과서를 잘 (구비 / 정비)해 두어야 해요.

③ 캠핑이나 등산을 할 때는 안전을 위해서 (장비 / 비고)를 잘 갖추어야 해요.

④ 독도 경비대는 독도를 24시간 철통같이 (수비 / 정비)하고 있어요.

⑤ 건축물을 사용하려면 난방이나 조명 등의 (건축 설비 / 설비 투자)가 필요해요.

3 속뜻짐작 다음 그림의 빈칸에 들어갈 낱말을 찾아 선으로 이어 보세요.

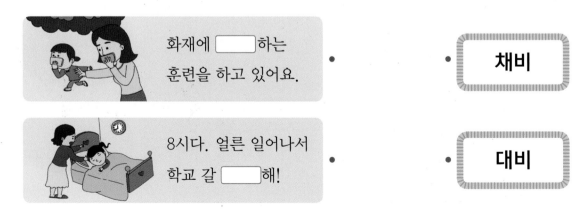

화재에 ☐☐하는 훈련을 하고 있어요.   •

8시다. 얼른 일어나서 학교 갈 ☐☐해!   •

• 채비

• 대비

어떤 일을 하기 전에 미리 갖추어 놓는 것을 '준비'라고 해요.
준비와 관련된 영어 단어를 알아볼까요?

prepare

prepare는 '~을 준비하다'
라는 뜻으로 주로 for와 함께
쓰이는 경우가 많아요.
prepare A for B는 'B를 위
해서 A를 준비하다'라는 뜻
이에요.

Mom prepared food for
my birthday party.
(엄마가 내 생일잔치를 위해
음식을 준비해 주셨어.)

2주 2일
학습 끝!

붙임 딱지 붙여요.

ready

ready는 '~할 준비가 된'이
라는 뜻으로, 뒤에 for 또는
to가 올 수 있어요.
'여름 방학 준비가 됐나요?'
를 영어로 하려면 'Are you
ready for the summer
vacation?'이라고 하면 돼요.

Are you ready
to start?
(시작할 준비됐니?)

Yes……,
I'm…… ready.

QR 찍고 발음 듣기

- 호기심 好奇心 curiosity
- 동호회 同好會 club
- 기호 식품 嗜好 食品
- 호의 好意 favor
- 수호 조약 修好 條約
- 호 好 좋을 호
- 양호 良好
- 호평
- 호황
- 호조
- 우호국 友好國
- 호전적 好戰的
- 애호가 愛好家
- 호재 好材
- 호기 好期

1 동물들이 말하는 낱말을 초성 힌트를 보고 그림에서 찾아 묶어 보세요.

① 나는 도토리 ㅇㅎㄱ야.

② 거북이가 나에게 ㅎㅇ를 베풀었어.

③ 처음 보는 저 열매는 뭘까? ㅎㄱㅅ이 생기네.

④ 오늘은 사냥하기에 몸 상태가 ㅇㅎ하군.

⑤ 내 ㄱㅎ ㅅㅍ은 유칼립투스 잎이야.

⑥ 나는 밧줄타기 ㄷㅎㅎ에서 활동해.

동		가	양	호
기	호	식	품	기
애	의	회		심

2 빈칸에 들어갈 낱말을 찾아 선으로 이어 보세요.

오랫동안 사이가 좋지 않던 두 나라가 ☐을 맺고 화해 분위기가 만들어졌어. •

• 우호국

싸움을 잘하는 호랑이는 매우 ☐인 동물이야. •

• 수호 조약

미국은 우리나라와 좋은 관계를 유지하고 있는 ☐이야. •

• 호전적

호기심
好(좋을 호) 奇(기이할 기) 心(마음 심)

호기심은 새롭고 신기한(기이할 기, 奇) 것을 좋아하거나(좋을 호, 好) 모르는 것을 알고 싶어 하는 마음(마음 심, 心)이에요. '호기심이 생겼다.'고 하면, 새롭고 신기한 일을 알고 싶어 한다는 뜻이지요.

동호회
同(한가지 동) 好(좋을 호) 會(모일 회)

동호회는 같은(한가지 동, 同) 것을 좋아하는 사람들의 모임(모일 회, 會), 즉 같은 취미를 가진 사람들의 모임을 뜻해요. 비슷한말로 '동우회', '클럽'이 있어요.

기호 식품
嗜(즐길 기) 好(좋을 호) 食(먹을 식) 品(물건 품)

'기호'는 즐기고(즐길 기, 嗜) 좋아하는 것을 뜻해요. 기호 식품은 여러 가지 음식 중에서 특별히 즐기고 좋아하는 음식이지요.

기호식품!

호의
好(좋을 호) 意(뜻 의)

호의는 좋게 생각하는(뜻 의, 意) 마음이에요. '호의를 가지다', '호의를 베풀다'처럼 남을 도와주려는 친절한 마음씨를 표현할 때 사용하지요. 비슷한말로 '선의'가 있어요.

양호
良(어질 량/양) 好(좋을 호)

양호는 품질이나 상태가 상당히 좋다는 뜻이에요. '호평'은 좋게 평가한다(평론할 평, 評)는 뜻이고, '호조'는 어떤 일과 물건의 상태가 좋아진다는 것, '호황'은 경제 활동이 활발한 상태를 말해요.

애호가
愛(사랑 애) 好(좋을 호) 家(집 가)

애호가는 어떤 사물을 사랑하고(사랑 애, 愛) 좋아하는 사람이에요. 여기서 '가(집 가, 家)' 자는 사람을 뜻하지요. '음악 애호가', '게임 애호가'처럼 써요.

나는 잠 애호가! 음냐 음냐~

호기 / 호재
好(좋을 호) 期(기약할 기) 材(재목 재)

호기는 좋은 시기(기약할 기, 期)로, '호시기'라고도 해요. 호재는 '호재료'의 줄인 말로, 좋은 재료(재목 재, 材)를 뜻하지요.

호전적
好(좋을 호) 戰(싸움 전) 的(과녁 적)

호전적은 싸움(싸움 전, 戰)을 좋아하는 거예요. '호전적인 민족'은 싸우기를 좋아하는 민족을 말하고, '호전적인 태도'는 싸울 듯한 태도를 일컫지요.

병세가 호전됐나? 호전적이군!

우호국
友(벗 우) 好(좋을 호) 國(나라 국)

우호국은 벗처럼(벗 우, 友) 서로 사이가 좋은(좋을 호, 好) 나라(나라 국, 國)예요. 반대의 뜻을 가진 '적대국(원수 적 敵, 대답할 대 對, 나라 국 國)'은 '서로를 적으로 여기는 나라'라는 뜻이에요.

수호 조약
修(닦을 수) 好(좋을 호) 條(조목/가지 조) 約(맺을 약)

'수호'는 나라와 나라가 사이좋게 지내는 것을 뜻해요. 따라서 수호 조약은 두 나라가 서로 사이좋게 지내기 위해 맺은 약속을 뜻하지요. 1876년에 조선과 일본과 맺은 강화도 조약을 가리켜 '한일 수호 조약'이라고 해요.

불평등한 한일 수호 조약, 강화도 조약

1875년 9월, 일본의 '운요호'라는 배가 강화도 앞바다에 불법으로 들어온 일이 생겼어요. 서해안을 지키던 조선군은 경고를 하려고 운요호에 대포를 쐈는데, 운요호는 기다렸다는 듯이 대포를 되쏘며 한바탕 난리를 피웠어요.

그 후, 일본은 운요호 사건을 꼬투리 삼아 물품을 사고파는 것에 관한 '통상 조약'을 맺자고 요구했어요. 강화도 앞바다에 군함을 띄워 놓고 계속해서 협박을 했지요.

조선은 할 수 없이 일본과 강화도에서 조약을 맺었어요. 이것이 바로 '강화도 조약'이에요. 병자년(1876년)에 이루어진 조약이라는 뜻에서 '병자수호조약'이라고도 해요. 하지만 강화도 조약은 일본의 권리만 있는 불평등 조약이었어요. 조선은 일본 사람들이 무역할 수 있는 항구를 열어 주었지만, 일본 배는 조선 정부에 세금을 내지 않았어요. 또 일본 사람은 조선에서 죄를 지어도 처벌받지 않았답니다.

강화도를 침략한 일본 군함 운요호

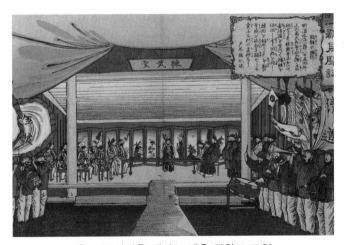

운요호 사건을 계기로 맺은 강화도 조약

'늑약(굴레 록/늑 勒, 맺을 약 約)'은 '억지로 맺은 조약'을 뜻해요. 우리에게 불리한 조건만 가득한 강화도 조약도 억지로 맺어진 조약이기 때문에 늑약에 해당되고, 1905년에 일본이 한국의 외교권을 빼앗기 위해 강제로 맺은 조약도 '을사늑약'이라고 해요.

1 다음 빈칸에 들어갈 낱말은 무엇일까요? (   )

[   ](이)나 장난으로 112에 신고를 하면 위험에 처한 우리 가족이나 이웃이 제때 도움을 받지 못할 수 있어요.

① 호의
② 호기심
③ 호전적
④ 호재

2 각 빈칸에 알맞은 낱말을 찾아 선으로 이어 보세요.

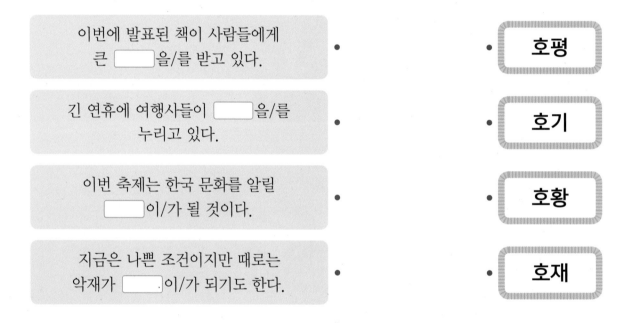

이번에 발표된 책이 사람들에게 큰 [   ]을/를 받고 있다.   •

긴 연휴에 여행사들이 [   ]을/를 누리고 있다.   •

이번 축제는 한국 문화를 알릴 [   ]이/가 될 것이다.   •

지금은 나쁜 조건이지만 때로는 악재가 [   ]이/가 되기도 한다.   •

•   호평

•   호기

•   호황

•   호재

3 속뜻짐작 다음 대화를 읽고, 밑줄 친 낱말과 바꾸어 쓸 수 있는 것을 보기 에서 골라 ○ 하세요.

나는 그 친구만 보면 기분이 좋아져.

오! 그 친구한테 **좋은 감정을** 가지고 있구나?

보기
호감
양호
호재
호조

좋은 감정이라면, 감정을 뜻하는 한자가 들어가겠지?

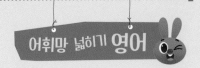

자신이 좋아해서 즐기면서 하는 일을 '취미(hobby)'라고 해요.
다양한 취미를 영어로 배워 볼까요?

swimming

swimming은 '수영'을 뜻해요. 수영은 온몸을 이용하기 때문에 건강에 좋아요. '나랑 수영하러 갈래?'를 영어로 말하려면 'Would you like to go swimming with me?'라고 하면 돼요.

playing computer games

playing은 '게임이나 놀이 등을 하다'라는 뜻이에요. 컴퓨터 게임을 뜻하는 computer games의 앞에 붙어 playing computer games가 되면 '컴퓨터 게임 하기'라는 뜻이 돼요. '나는 컴퓨터 게임을 즐겨 해.'는 영어로 'I enjoy playing computer games.'예요.

2주 3일
학습 끝!

붙임 딱지 붙여요.

reading books

reading은 '책 읽기', '독서'라는 단어예요. book은 '책'인데, 책이 여러 권 있을 경우는 book 뒤에 -s를 붙여요. reading books는 '책 읽어 주기', '독서'라는 뜻이에요.

listening to music

listening to music은 '음악 듣기'예요. '내 취미는 음악 듣기야.'를 영어로 말하려면 'My hobby is listening to music.'이라고 하면 돼요.

drawing cartoons

drawing은 '그림'을 뜻하고, cartoons는 '만화'를 뜻해요. 그래서 drawing cartoons는 '만화 그리기'라는 뜻이 돼요. '나는 만화 그리기를 좋아해.'는 영어로 'I like drawing cartoons.'예요.

QR 찍고 발음 듣기

계(系)가 들어간 낱말 찾기

1 각 대화의 빈칸에 들어갈 낱말을 골라 번호를 써 보세요.

① 체계　　② 가계도　　③ 계보　　④ 계열사　　⑤ 계통　　⑥ 기관계

체계
體(몸 체) 系(이어 맬 계)

체계는 여러 부분들이 어떤 원리에 따라 짜임새 있게 서로 연결되어 있는 것을 뜻해요. '체계가 잡혔다', '체계를 세우다'처럼 쓰지요.

계통
系(이어 맬 계) 統(거느릴 통)

계통은 일정한 체계에 따라 서로 연결되어 있는 것이에요. '나는 예술 계통에서 일하고 있어.', '같은 계통의 색깔은 비슷한 느낌이야.'처럼 사용해요.

계보
系(이어 맬 계) 譜(족보 보)

계보는 조상 때부터 내려오는 집안의 혈통과 역사를 기록한 책(족보 보, 譜)으로, '내림족보'라고도 해요. '족보'는 한 집안의 혈통 관계를 기록한 책을 말하지요.

어허! 우리가 얼마나 훌륭한 계보인데!

가계도
家(집 가) 系(이어 맬 계) 圖(그림 도)

우리는 모두 '가족'이라는 울타리 안에서 살아가요. 가족 구성원들의 관계를 그림으로 그린 것이 가계도예요. 가계도를 보면 가족과 친족들의 관계를 한눈에 볼 수 있어요.

직계 가족
直(곧을 직) 系(이어 맬 계) 家(집 가) 族(겨레 족)

'직계'는 친부모와 자식으로 이어져 있는 혈연관계를 뜻해요. 따라서 직계 가족은 직계에 속하는 가족으로 나와 부모님, 아버지와 조부모님, 나와 조부모님처럼 나를 중심으로 위아래로 연결되는 가족 관계를 가리켜요.

생태계 / 태양계
生(날 생) 態(모양 태) 系(이어 맬 계) 太(클 태) 陽(볕 양)

생태계는 어떤 공간에서 살아가는 모든 생물과 환경을 뜻해요. 태양계는 태양과 태양을 중심으로 도는 천체들의 집합이고, '은하계'는 은하를 이루는 수많은 천체 집단을 일컫지요.

모계
母(어머니 모) 系(이어 맬 계)

모계는 어머니(어머니 모, 母) 쪽으로 이어진 혈연관계를 뜻해요. 모계의 상대어로 아버지(아버지 부, 父) 쪽으로 이어진 혈연관계인 '부계'가 있지요.

외할머니 엄마 이모 외삼촌

모계

계열사
系(이어 맬 계) 列(벌일 렬/열) 社(모일 사)

어느 한 기업 집단에 속해 있는 회사를 계열사라고 해요. 기업을 경영하는 주인이 같거나 사업 계통이 같아서 서로 밀접한 관련이 있는 회사예요.

기관계
器(그릇 기) 官(벼슬 관) 系(이어 맬 계)

기관계는 생물의 몸에서 함께 일하는 기관들을 하나로 묶은 것이에요. 자극을 받아들이고 몸의 각 부분에 명령을 보내 반응하게 하는 '신경계'와 소화 작용을 담당하는 '소화계', 근육 운동을 담당하는 '근육계' 등이 있어요.

북방계
北(북녘 북) 方(모 방) 系(이어 맬 계)

'북방'은 북쪽(북녘 북, 北) 지방(모 방, 方)을 뜻하는 낱말로, 북방계는 북쪽 지방에 사는 사람이나 동식물의 계통을 뜻해요. 우리 민족을 흔히 북방계라고 하지요. 한편, 남방계는 남쪽 지방의 계통을 뜻해요.

다양한 가족 형태

가계도에는 나를 낳아 준 아빠, 그리고 아빠를 낳아 준 할아버지와 할머니가 직선으로 연결되어 있어요. 이렇게 조상으로부터 직선으로 이어져 본인에 이르기까지의 가족 관계를 '직계 가족'이라고 해요. 옛날에는 할머니, 할아버지, 엄마, 아빠, 그리고 나까지 여러 세대가 함께 모여 사는 '대(큰 대, 大)가족'이 많았지만 오늘날에는 여러 가지 이유로 가족의 형태가 다양해졌어요. 다양한 가족의 형태를 살펴볼까요?

핵가족
부부와 결혼하지 않은 자녀로 이루어진 가족이에요. 오늘날, 일반적인 가족의 모습이지요.

한 부모 가족
배우자와 사별 또는 이혼으로 배우자 없이 자녀와 함께 사는 가족이에요.

재혼 가족
배우자와 사별 또는 이혼한 뒤에 다시 새로운 배우자와 결혼하여 이룬 가족이에요.

다문화 가족
서로 다른 국적과 문화를 가진 사람들로 이루어진 가족이에요.

입양 가족
부부와 혈연관계가 없는 아이를 법적으로 자녀로 받아들여 이룬 가족이에요.

가족 형태가 다양하구나!

1 친구들이 설명하는 낱말을 보기에서 찾아 써 보세요.

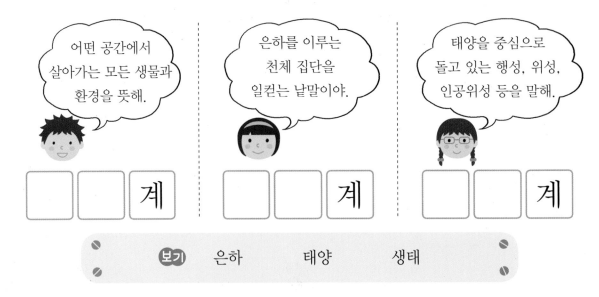

어떤 공간에서 살아가는 모든 생물과 환경을 뜻해.

은하를 이루는 천체 집단을 일컫는 낱말이야.

태양을 중심으로 돌고 있는 행성, 위성, 인공위성 등을 말해.

□□계   □□계   □□계

보기   은하   태양   생태

2 각 빈칸에 들어갈 낱말을 찾아 선으로 이어 보세요.

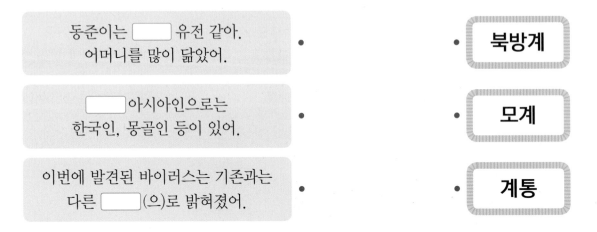

동준이는 □ 유전 같아. 어머니를 많이 닮았어.

□ 아시아인으로는 한국인, 몽골인 등이 있어.

이번에 발견된 바이러스는 기존과는 다른 □(으)로 밝혀졌어.

• 북방계

• 모계

• 계통

3 속뜻 짐작 아나운서의 말을 읽고, (   ) 안에서 알맞은 낱말을 골라 ○ 하세요.

S 대학교는 올해부터 (자연계 / 인문계) 학생만 지원할 수 있었던 치의학과에 자연계와 인문계 학생 모두 지원할 수 있다고 발표했습니다.

치의학은 자연 현상을 실생활에 응용하는 '자연 과학'에 속해.

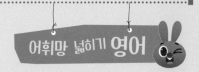
자연계에는 생태계와 태양계, 은하계 등 다양한 체계들이 있어요.
영어로 자세히 알아볼까요?

ecosystem

ecosystem은 '생태계'를 뜻해요. 생태계에
서 살아가는 생물들은 서로 잡아먹고 먹히면
서 전체적인 균형을 이루지요. '생태계를 파
괴하다'는 destroy the ecosystem이라고
하고, '생태계를 보존하다'는 preserve the
ecosystem이라고 해요.

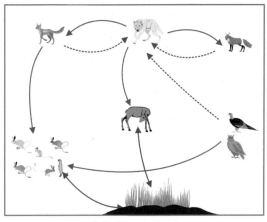

생태계의 먹이사슬

**2주 4일
학습 끝!**

붙임 딱지 붙여요.

Solar system

Solar system은 '태양의'라는 뜻의
solar와 '체계'라는 뜻의 system이
합쳐져서 '태양계'를 가리켜요. 태양
계의 중심에는 태양이 있고, 그 주위
에 행성들이 있어요.

태양계

Galaxy

Galaxy는 '은하계'를 뜻해요. 은하계는 은하를 이루고 있는
항성을 비롯한 수천억 개의 별과 성단, 성운, 성간 가스 등으
로 이루어져 있어요. 여기에는 태양계가 포함되어 있는데, 태
양계가 속해 있는 은하를 '우리 은하'라고 해요.

은하계

QR 찍고 발음 듣기

속(俗)이 들어간 낱말 찾기

1 퍼즐 안의 각 설명에 해당하는 낱말을, 초성 힌트를 참고해 보기에서 찾아 시계 방향으로 빈칸을 채워 보세요.

출발 ➡

도착 ↑

① ㅅ　ㅅ　② ㅁ　ㅅ　③ ㅂ　④ ㅅ　↓

⑨ ㅍ

ㅇ

ㅅ

① 예로부터 세간에 전해 내려오는 말이나 견해

② 백성들의 풍속

③ 수준이 낮고 상스러운 것

④ 옛날부터 전해오는 교훈이나 풍자가 담긴 말

⑤ 세상에 널리 통하는 일반적인 풍속

⑥ 예절에 맞지 않는 질이 낮은 말

⑦ 아름답고 좋은 풍속

⑧ 귀신을 섬기고 굿을 하는 사람

⑨ 오래전부터 전해져 내려오는 생활 습관

④ ㄷ

⑤ ㅌ

⑥ ㅅ

⑧ ㅁ　ㅅ　ㅇ　⑦ ㅍ　ㅁ　ㅇ

↑ ←

보기
민속　통속　풍속　속담　무속인
비속　속설　속어　미풍양속

69

풍속
風(바람 풍) 俗(풍속 속)

풍속은 예부터 전해 오는 여러 가지 생활 습관이에요. '세시'는 절기나 계절 등의 때를 일컫는 말로, '세시 풍속'은 세시 때마다 행해 온 풍속을 뜻해요. '풍속화'와 '풍속 소설'은 한 시대의 풍속을 표현한 그림과 소설이지요.

속담
俗(풍속 속) 談(말씀 담)

속담은 예로부터 전해 오는 쉽고 짧으면서도 소중한 교훈을 담고 있는 말이에요. 속담에는 옛사람들의 생각과 지혜 등이 들어 있어요.

민속
民(백성 민) 俗(풍속 속)

민속은 백성들(백성 민, 民)의 풍속(풍속 속, 俗)을 뜻하는 말로, 조상들의 신앙과 생활 모습 등을 일컬어요. '민속촌'은 민속을 잘 보존하고 있는 마을(마을 촌, 村)이에요.

통속 / 비속
通(통할 통) 俗(풍속 속)
卑(낮을 비)

세상에 널리 통하는 일반적인 풍속을 통속이라고 해요. 주로 대중적인 것을 표현할 때 쓰지요. 비속은 수준이 낮고(낮을 비, 卑) 상스러운 풍속을 뜻하고, '저속'은 인격이나 수준이 낮고(낮을 저, 低) 속된 것을 뜻해요.

속어
俗(풍속 속) 語(말씀 어)

속어란 사람들 사이에서 통속적으로 쓰는 저속한 말, 예절에 맞지 않는 상스러운 말이에요. 비슷한말로 격이 낮고 속된 말을 뜻하는 '비속어'와 '상말'이 있어요.

속설
俗(풍속 속) 說(말씀 설)

다리를 떨면 복이 달아난다거나 밤에 발톱을 깎으면 안 된다는 등의 말을 속설이라고 해요. 과학적으로 증명되지 않았지만 옛날부터 사람들 사이에 전해 내려오는 말이나 견해예요.

속물
俗(풍속 속) 物(물건 물)

'속되다'는 도덕적으로 고상하지 못하고 천하다는 뜻이에요. 그래서 교양이 없고 욕심을 부리는 사람을 가리켜 속물이라고 해요.

미풍양속
美(아름다울 미) 風(바람 풍)
良(어질 량/양) 俗(풍속 속)

미풍양속은 아름답고 좋은 풍속을 뜻해요. 나라에 충성하고, 부모님께 효도하고, 웃어른을 공경하고, 어려운 일이 있을 때는 서로 돕는 것 등이 있지요.

무속인
巫(무당 무) 俗(풍속 속)
人(사람 인)

무속인은 귀신을 섬기면서 운을 점치고 굿을 하는 것을 직업으로 하는 사람이에요. '무당'이라고도 하지요.

세속 오계
世(세상 세) 俗(풍속 속)
五(다섯 오) 戒(경계할 계)

세속 오계는 신라 때의 청소년 단체인 화랑이 지켜야 했던 다섯 가지 규칙이에요. '사군이충(충성으로써 임금을 섬김.)', '사친이효(효도로써 어버이를 섬김.)', '교우이신(믿음으로써 벗을 사귐.)', '임전무퇴(싸움에 임해서는 물러남이 없음.)', '살생유택(산 것을 함부로 죽이지 않음.)'을 이르지요.

우리나라의 세시 풍속

설날, 단오, 추석 같은 명절이 되면, 각 때에 알맞은 음식을 차리고 조상에게 차례를 지내는 등의 행사를 벌여요. 이런 행사는 해마다 반복되는 풍속이어서, 계절(해 세, 歲)에 따른 때(때 시, 時)라는 뜻을 가진 '세시'를 붙여 '세시 풍속'이라고 하지요. 세시 풍속은 명절마다 다른데, 어떤 세시 풍속이 있는지 알아볼까요?

새해 복 많이 받으세요!

오냐, 올해도 건강하고 공부 열심히 하거라!

설날
음력 1월 1일. 한 해를 시작하는 날로, 어른들께 세배를 하고 떡국을 먹어요.

부스럼이 안 나게 해 주세요!

단오
음력 5월 5일. 모내기를 끝내고 풍년을 기원하면서 여자들은 창포를 삶은 물에 머리를 감고, 남자들은 씨름을 했어요.

대보름
음력 1월 15일. 새벽에 귀밝이술을 마시고 부럼을 깨물어요. 오곡밥을 먹고, 연날리기와 쥐불놀이 등을 했지요.

추석
음력 8월 15일. 반달 모양의 송편을 만들어 먹고, 조상님께 감사를 드리며 차례를 지내요.

음력은 '태음력(클 태 太, 그늘 음 陰, 책력 력 曆)'의 준말로, 달이 지구 둘레를 한 바퀴 도는 데 걸리는 시간을 한 달로 삼아 만든 달력이에요. 양력은 '태양력(클 태 太, 볕 양 陽, 책력 력 曆)'의 준말로, 지구가 태양의 둘레를 한 바퀴 도는 데 걸리는 시간을 일 년으로 삼아 만든 달력이에요.

1 다음 대화의 빈칸에 들어갈 낱말을 보기 에서 찾아 써 보세요.

보기　　속담　　　속설　　　속어

2 각 문장에 알맞은 낱말을 골라 ○ 하세요.

① 돈만 중요하게 생각하는 건 (통속 / 속물)들이나 하는 행동이야!

② 신라의 화랑은 (세속 오계 / 속어)를 꼭 지켜야 했대.

③ 웃어른을 공경하는 (세시 풍속 / 미풍양속)은 오래오래 이어져야 해.

3 속뜻짐작 다음 대화의 빈칸에 들어갈 낱말은 무엇일까요? (　　　)

① 민속놀이　　　② 풍물놀이　　　③ 시장놀이　　　④ 차전놀이

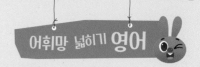

민속은 조상들의 신앙과 전설, 생활 모습 등을 한눈에 볼 수 있는 문화예요.
민속과 관련된 단어를 영어로 알아볼까요?

folk dance

folk dance는 '민속춤'이라는 뜻이에요. '민속의', '전통적인'이라는 뜻의 folk와 '춤'이라는 뜻의 dance가 합쳐져 만들어졌어요. 민속춤은 예로부터 전해져 오는 전통 무용이에요. 우리나라의 대표적인 민속춤은 부채춤이에요. 한복을 예쁘게 차려입고 화려한 깃털이 달린 부채를 들고 추는 부채춤은 정말 아름답지요.

2주 5일
학습 끝!

붙임 딱지 붙여요.

folk tale

folk tale은 '민속 설화'라는 뜻이에요. folk에 이야기를 뜻하는 tale이 합쳐져 만들어졌지요. <백설 공주>, <헨젤과 그레텔>, <빨간 모자> 등 그림 형제의 동화들은 예로부터 전해 온 독일의 민족 설화에 바탕을 둔 이야기들이랍니다.

folk music

folk music은 '민속 음악'이에요. folk에 '음악'이라는 뜻을 가진 music이 더해져 만들어졌어요. 민속 음악은 같은 지역 사람들이 함께 부르던 노래예요. 오랜 세월 동안 그 나라 사람과 함께해 왔기 때문에 민족의 기쁨과 슬픔, 흥겨움 등이 들어 있어요.

QR 찍고 발음 듣기

왕과 왕의 가족이 사는 '궁궐'

자, 보게! 궁은 원래 보통 사람들이 사는 집이었다네.

그러다 중국 고대 시대 이후에 왕이 사는 곳을 의미하게 되었지.

출입문 옆에 우뚝 솟아 있는 '궐'은 주위를 감시하는 망이었어.

이 둘을 합쳐 '궁궐'이라고 한다네.

궁궐은 왕과 왕의 가족을 보호하는 공간이지.

산신령님! 그런데 제게 궁궐을 보여 주시는 이유가 무엇이옵니까?

자네는 전생에 너무 가난하고 착하게만 살아왔네.

궁궐(집 궁 宮, 집 궐 闕): 왕과 왕족이 살면서 보호를 받는 공간이에요.

contents

토닥이와 함께
파이팅!

PART 2

PART2에서는 상대어나 주제어를 중심으로
관련이 있는 낱말들을 연결해서 배워요.

존(尊)과 비(卑) 비교하기

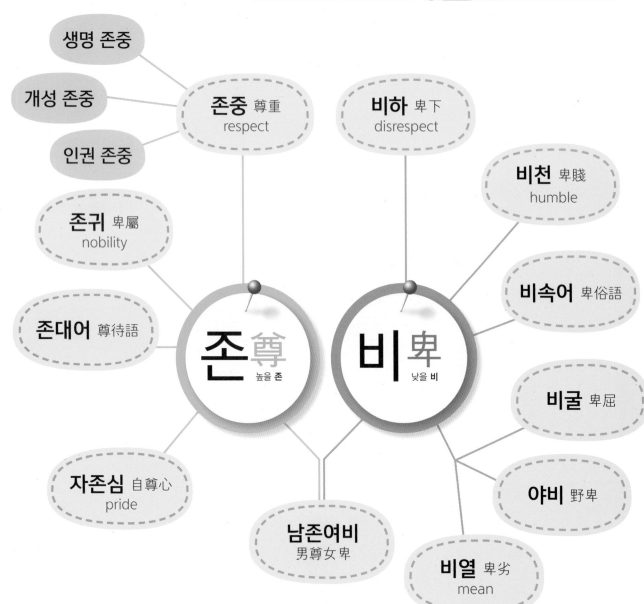

생명 존중

개성 존중

인권 존중

존중 尊重
respect

존귀 尊貴
nobility

존대어 尊待語

존 尊
높을 존

자존심 自尊心
pride

남존여비
男尊女卑

비하 卑下
disrespect

비천 卑賤
humble

비속어 卑俗語

비 卑
낮을 비

비굴 卑屈

야비 野卑

비열 卑劣
mean

1 다음에서 설명하는 낱말을 보기 에서 찾아 써 보세요.

① 남자는 높이고 여자는 낮게 여긴다는 말
예 조선 시대에는 ☐ 사상 때문에 여자들이 차별을 받았다.
☐ ☐ ☐ ☐

② 지위가 높거나 힘센 사람에게 쩔쩔매며 굽실거리는 것
예 나보다 힘이 센 그 아이 앞에서는 어쩔 수 없이 ☐해진다.
☐ ☐

③ 상대를 높이는 말
예 어른들께는 항상 ☐을/를 써야 한다.
☐ ☐ ☐

④ 높여서 귀중하게 여기는 것
예 모든 생명은 귀하기 때문에 생명을 ☐하는 마음을 가져야 해.
☐ ☐

⑤ 스스로 높이는 마음
예 사나이의 ☐을/를 걸고 매운맛에 도전한다!
☐ ☐ ☐

⑥ 격이 낮고 속된 말
예 나는 ☐ 사용을 줄이기 위한 바른말 기자단으로 활동 중이야.
☐ ☐ ☐

⑦ 신분이 낮고 천함.
예 조선 시대 때 노비는 ☐하게 여겨져서 돈으로 사고팔기도 했다.
☐ ☐

⑧ 업신여겨 낮춤.
예 한 회사에서 흑인을 ☐하는 광고를 해서 사회적인 문제가 되었다.
☐ ☐

보기 존대어 비하 비천 존중 자존심 남존여비 비속어 비굴

존중 vs 비하
尊(높을 존) 重(무거울 중)
卑(낮을 비) 下(아래 하)

존중은 높여서 귀중하게 여기는 거예요. '생명 존중'은 생명을 가진 것을 귀하게 여기는 것이고, '개성 존중'은 개인의 특성을 인정하고 가치 있게 여기는 것이며, '인권 존중'은 인간의 기본적인 권리인 인권을 존중하는 거예요. 반대로 비하는 업신여기고 낮추는 것이지요.

존귀 vs 비천
尊(높을 존) 貴(귀할 귀)
卑(낮을 비) 賤(천할 천)

존귀는 지위나 신분이 높고(높을 존, 尊) 귀한(귀할 귀, 貴) 것을 뜻해요. 상대어인 비천은 지위나 신분이 낮고(낮을 비, 卑) 천한(천할 천, 賤) 것을 뜻하지요. 비슷한말로 '미천'이 있어요.

존대어 vs 비속어
尊(높을 존) 待(기다릴 대)
語(말씀 어) 卑(낮을 비) 俗(풍속 속)

할아버지, 연세가 어떻게 되세요?

동생이나 친구의 나이를 물을 때는 "나이는 몇 살이니?"라고 하지만 어른들께는 '나이' 대신 '연세'라는 말을 써야 하는데, 이것이 바로 존대어예요. 존대어란 사람이나 사물을 높여서 이르는 말로, '높임말'이라고 해요. 반대로 비속어는 다른 사람을 얕잡아 보고 사용하는 격이 낮고 거친 말이에요.

남존여비
男(사내 남) 尊(높을 존)
女(여자 녀/여) 卑(낮을 비)

남존여비는 남자(사내 남, 男)는 높게 여기고, 여자(여자 녀/여, 女)는 낮게 여기는 거예요. 즉, 남자를 여자보다 존중하는 것을 뜻하지요. 조선 시대 중기에 여성을 낮추는 규범들이 생겨나면서 남존여비 사상이 강화되었다고 해요.

자존심
自(스스로 자) 尊(높을 존) 心(마음 심)

'자존'은 스스로(스스로 자, 自)를 높게(높을 존, 尊) 여기는 거예요. 따라서 자존심은 스스로를 높게 여기는 마음(마음 심, 心)이지요. 비슷한 뜻을 가진 낱말로 스스로에게 긍지를 갖는 마음인 '자긍심'과 스스로를 뽐내는 마음인 '자만심'이 있어요.

한 입만! 응?
아, 자존심 상해!

비굴 / 야비
卑(낮을 비) 屈(굽힐 굴)
野(들 야) 卑(낮을 비)

용기나 줏대가 없어 남에게 굽실거리는 것을 비굴하다고 해요. 이기기 위해 수단과 방법을 가리지 않는 사람을 가리켜 '야비하다'라고 하는데, 야비는 성품이나 행동이 교활하다는 뜻이고, '비열'은 사람의 하는 짓이나 성품이 천하고(낮을 비, 卑) 너그럽지 못하다(못할 렬/열 劣)는 뜻이에요.

비속어로 오해받는 낱말들

'비속어'는 다른 사람을 얕잡아 보고 사용하는 격이 낮고 거친 말이에요. 그럼 '집 나가면 개고생이다.'는 문장에서 '개고생'은 비속어일까요? 아니에요. 비속어처럼 생각되지만 표준어예요. '고생' 앞에 정도가 심한 것을 뜻하는 접두사 '개'가 붙어서 '어려운 일이나 고비가 닥쳐 톡톡히 겪는 고생'을 뜻하지요. 이렇게 우리가 흔히 쓰는 말 중에서 비속어로 오해받는 낱말들을 알아볼까요?

삐대다 사투리처럼 들리기도 하지만, '한군데 오래 눌어붙어서 끈덕지게 굴다.'는 뜻의 표준어예요.

꼽사리 남이 노는 판에 거저 끼어드는 일을 말해요. '꼽사리를 끼다.', '꼽사리를 붙다.'처럼 쓰지요.

쌈박하다 물건이나 어떤 대상이 마음에 쏙 들거나 일의 진행이나 처리가 시원하고 깔끔하게 이루어질 때 사용하는 표현이에요. '새로 산 옷이 쌈박하다.', '일 처리가 쌈박하다.'처럼 써요.

'개떡 같다'는 '하찮다'를 속되게 이르는 말로, 마음에 안 들거나 일이 망쳐졌을 때 써요. 여기서 개떡은 원래 '겨떡'이었어요. 곡식 껍질을 통틀어 '겨'라고 하는데, 먹을 게 별로 없던 시절에 겨를 섞어 아무렇게나 반죽해서 만들어 밥 위에 얹어 찐 떡이 바로 '개떡'이지요.

1 신문 기사를 읽고, ( ) 안에서 알맞은 낱말을 골라 ○ 하세요.

> **(존대어 / 비속어) 쓰니 우정 '쑥'**
>
> "안녕하세요. 고운 말을 쓰겠습니다." 서울 ○○ 초등학교 학생들은 복도에서 친구나 선생님을 만나면 이렇게 인사한다. 올해 3월부터 전교생을 대상으로 실시된 '경어 쓰기' 교육 덕분. '경어'란 존경하는 마음으로 상대방을 높여 부르는 말을 뜻한다. 경어 쓰기로 인해 학생들의 마음가짐과 교실 분위기가 좋아졌다. 6학년 신찬섭 군은 "처음에는 어색했지만 점차 익숙해지면서 (존대어 / 비속어)를 쓰지 않게 됐다."고 말했다.

2 다음 중 낱말의 뜻을 잘못 말한 친구의 이름을 색칠해 보세요.

은아	스스로를 높이는 마음을 '자존심'이라고 해.
민석	성품이나 행동이 교활한 것을 '비열'이라고 해.
유미	격이 낮고 거친 말을 '비속어'라고 해.
소연	'남존여비'는 여자를 높이고 남자를 낮게 여긴다는 뜻이야.

3 속뜻 짐작 다음 빈칸에 들어갈 낱말은 무엇일까요? ( )

① 고귀   ② 비굴   ③ 야비   ④ 비열

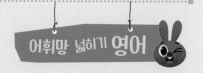

영어에서는 윗사람과 아랫사람을 부를 때 모두 'you'라고 부르지만, 상대를 높여 부르는 말이나 공손한 표현이 없는 건 아니에요. 어떤 호칭과 표현이 있는지 알아볼까요?

Mr., Ms.

윗어른이나 선생님을 부를 때, 남자일 경우에는 Mr.를, 여자일 경우에는 Ms.를 성 앞에 붙여요. 이때 M은 대문자로 써야 하고, 뒤에는 약자의 표시인 점(.)을 찍어요. Mr.은 mister라고 읽고, Ms.는 miss라고 읽으면 돼요.

Mr. Mason! Can I go home now? (매이슨 선생님! 저 집에 가도 돼요?)

sir, ma'am

성을 모르는 어른이면 남자는 sir, 여자는 ma'am으로 부를 수 있어요. 또한 대답할 때에 대답 끝에 붙이기도 해요.

Yes, ma'am. (네, 선생님.)

Are you ready to start the math test? (수학 시험을 볼 준비됐나요?)

3주 1일 학습 끝! 붙임 딱지 붙여요.

Would you~?, Could you~?, Please

상대방에게 어떤 요청을 할 때에는 Will you~?와 Can you를 많이 쓰는데, Would you~?와 Could you~?를 쓰면 좀 더 정중한 표현이 돼요. 또 please를 붙이면 보다 공손하게 표현할 수 있지요.

Open the door, please! (제발 문 좀 열어 주세요!)

Would you please open the door? (문 좀 열어 주실래요?)

QR 찍고 발음 듣기

문(問)과 답(答) 비교하기

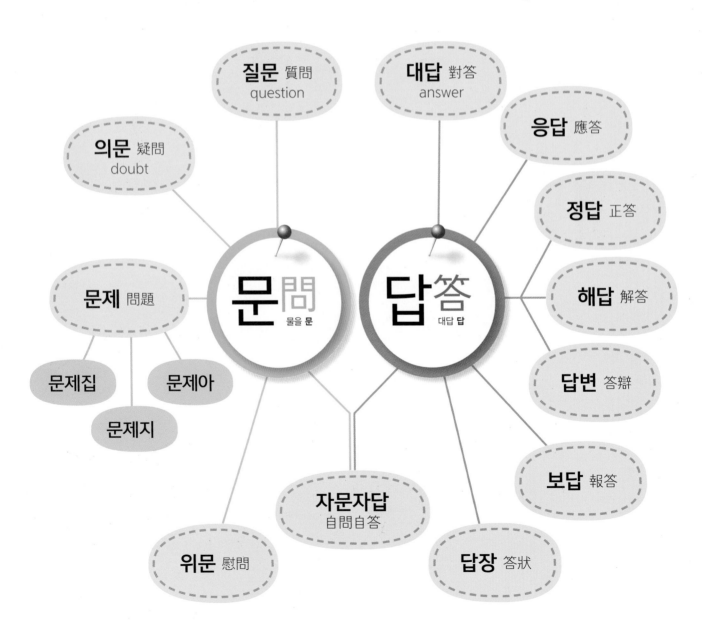

질문 質問 question

대답 對答 answer

응답 應答

의문 疑問 doubt

정답 正答

문제 問題

해답 解答

문제집

문제아

답변 答辯

문제지

보답 報答

문 問 물을 문

답 答 대답 답

자문자답 自問自答

위문 慰問

답장 答狀

1 다음 질문 카드를 읽고, 알맞은 답을 보기에서 찾아 써 보세요.

Q1 스스로 묻고 스스로 대답하는 것을
무엇이라고 할까요?

Q2 해결하기 어려운 일이나 걱정거리를
무엇이라고 할까요?

Q3 바른 답을 뜻하는
낱말은 무엇일까요?

Q4 은혜를 갚는 것을
무엇이라고 할까요?

Q5 받은 편지에 답을
해서 보내는 편지를
무엇이라고 할까요?

Q6 위로하기 위해 찾아가는 것을
무엇이라고 할까요?

Q7 질문이나 의문을 풀이한 답을
무엇이라고 할까요?

보기   해답   문제   위문   보답   답장   자문자답   정답

2 밑줄 친 낱말이 '묻는 것', '답하는 것' 중 무엇에 해당하는지 골라 색칠해 보세요.

① 나를 좋아하냐고 물어보면 그 아이는 뭐라고 **대답**할까?   묻는 것 | 답하는 것

② 오늘 수업 내용에 대해서 **질문**할 사람이 있나요?   묻는 것 | 답하는 것

③ 초인종을 눌렀는데 아무런 **응답**이 없어.   묻는 것 | 답하는 것

④ 그 책을 보고 인체에 대한 **의문**이 풀렸어.   묻는 것 | 답하는 것

85

질문 vs 대답
質(바탕 질) 問(물을 문)
對(대답할 대) 答(대답 답)

무엇에 대해 모를 때, '이것은 무엇인가요?'라고 묻곤 해요. 이렇게 잘 모르거나 궁금한 것을 묻는(물을 문, 問) 것을 **질문**이라고 해요. 한편 질문을 받거나 누가 부르면 그 말에 응해 어떤 말을 답하는데(대답할 대, 對) 이것이 바로 **대답**이지요. 비슷한말로 '답변'이 있어요.

의문 vs 응답
疑(의심 의) 問(물을 문)
應(응할 응) 答(대답 답)

의문은 의심스러운(의심 의, 疑) 생각이나 그런 문제를 말해요. '의문이 생기다.'처럼 쓰지요. 의문이 생겨서 질문을 하면, 질문을 받은 사람은 대답을 해 주어요. 이렇게 대답에 응하는(응할 응, 應) 것을 **응답**이라고 해요.

닭이 먼저? 달걀이 먼저?

문제 vs 정답 / 해답
問(물을 문) 題(제목 제)
正(바를 정) 答(대답 답) 解(풀 해)

대답이나 풀이를 구하는 물음을 **문제**라고 해요. '문제집'은 문제를 모아 놓은 책, '문제지'는 문제가 적힌 종이예요. 또 문제는 걱정거리를 뜻하기도 해서, 말썽을 일으키는 아이를 '문제아'라고 해요. 문제에 대한 바른 답은 **정답**, 풀어서(풀 해, 解) 설명한 답은 **해답**, 물음에 답하는(말 잘할 변, 辯) 것은 '답변'이지요.

자문자답
自(스스로 자) 問(물을 문)
自(스스로 자) 答(대답 답)

'내가 잘할 수 있을까? 그래! 잘할 수 있어.' 이렇게 혼자 묻고 그 물음에 스스로 대답한다면 **자문자답**을 한 거예요. 자기 스스로(스스로 자, 自) 묻고(물을 문, 問), 자기가(스스로 자, 自) 대답(대답 답, 答)하는 것이지요.

위문
慰(위로할 위) 問(물을 문)

헉! 충치 때문에 이가 아픈 건데!

문병 왔어!

괴로워하는 사람의 마음이 편해지도록 좋은 말과 행동으로 따뜻하게 대하는 것을 '위로'라고 해요. **위문**은 아프거나 마음이 괴로운 사람을 찾아가서 위로하는 거예요. 위로하기 위해 펼치는 공연을 '위문 공연'이라고 해요.

보답
報(갚을 보) 答(대답 답)

보답은 도움을 주거나 호의를 베풀어 준 것에 대해 은혜를 갚는(갚을 보, 報) 거예요. '부모님의 은혜에 보답하다.'처럼 쓰지요. 비슷한말로 은혜(은혜 은, 恩)를 갚는다는 뜻을 가진 '보은'이 있어요.

다리를 고쳐 주신 보답이에요!

답장
答(대답 답) 狀(문서 장)

친구에게 편지나 문자 메시지를 받으면 답장을 하지요. **답장**이란 받은 편지에 답을 하는 편지를 보내는 일, 또는 그 편지를 뜻해요. 비슷한말로 답신(대답 답 答, 믿을 신 信)이 있어요. 이때 '믿을 신(信)' 자는 '소식'이라는 뜻으로 쓰이지요.

다양한 문장의 종류

우리는 의문이 생겼을 때, "왜 이렇게 된 건가요?"라고 질문을 해요. 이때 문장의 맨 끝에 오는 물음표(?)는 의문을 나타내는 문장에서 끝맺는 역할을 하지요. 문장은 끝맺는 말에 따라 종류가 달라져요. 그럼 문장마다 어떻게 끝맺음을 하는지 알아볼까요?

묻는 문장, 의문문

말하는 사람이 듣는 사람에게 질문을 해서 그 대답을 구하는 문장이에요. 문장 끝에 주로 '~니', '~는가', '~ㅂ니까' 등의 말을 쓰고 물음표(?)를 써요.

풀이하는 문장, 평서문

말하는 사람이 어떤 대상에 대해 객관적으로 설명하는 문장이에요. 문장 끝에 주로 '~다', '~네', '~ㅂ니다' 등의 말을 쓰고 마침표(.)를 찍어요.

느낌을 나타내는 문장, 감탄문

말하는 사람이 기쁨이나 슬픔, 놀람 같은 자신의 느낌을 나타내는 문장이에요. 문장의 끝에 '~구나!', '~군!'처럼 느낌표(!)를 써요.

시키는 문장, 명령문

말하는 사람이 듣는 사람에게 어떤 행동을 하도록 요구하는 문장이에요. 문장의 끝에 주로 '~십시오', '~세요', '~아라' 등의 말을 쓰고 마침표(.)를 찍어요.

권유하는 문장, 청유문

말하는 사람이 듣는 사람에게 어떤 행동을 함께 하기를 요청하는 문장이에요. 문장의 끝에 주로 '~자', '~ㅂ시다' 등의 말을 쓰고 마침표(.)를 찍어요.

1 다음 빈칸에 들어갈 낱말이 순서대로 짝 지어진 것을 찾아보세요. (   )

① 의문 – 해답　　　　　　　② 질문 – 대답

③ 문제 – 정답　　　　　　　④ 질문 – 해답

2 각 문장에 어울리는 낱말을 골라 ○ 하세요.

① 제비가 다리를 고쳐 준 흥부에게 (**자문자답 / 보답**)해서 부자로 만들어 줬대.

② 국군 아저씨께 (**위문 / 의문**)편지를 보냈어.

③ 이 문제는 쉬워서 학생들이 (**오답 / 정답**)을 맞힐 확률이 높습니다.

3 속뜻짐작 다음 상황에 어울리는 낱말을 보기 에서 찾아 ○ 하세요.

보기　　묵묵부답　　　확답　　　일문일답

의문문은 언제, 어디서, 무엇을, 왜 등의 물음말로 시작해요.
물음말을 영어로 배워 볼까요?

who

who는 '누구'라는 말이에요. 사람의 이름이나 정체를 물을 때 사용해요. '그녀는 누구니?'라는 말은 'Who is she?'라고 하고, '너는 누구니?'라는 말은 'Who are you?'라고 해요.

Who are you?

I am Tom. I am a student.

what

what은 '무엇'이라는 뜻이에요. '이것은 무엇이니?'라는 말은 'What is this?'라고 하고, '그녀의 직업은 무엇이니?'라는 말은 'What does she do?'라고 해요.

What does she do?

She is a writer.

3주 2일
학습 끝!

붙임 딱지 붙여요.

when, where

when은 '언제'라는 뜻으로, 시간이나 날짜 등을 물을 때 써요. '네 생일은 언제니?'라고 물을 때는 'When is your birthday?'라고 해요. where는 '어디서'라는 뜻으로, 장소나 위치를 물을 때 사용해요.

Where did you buy this hat?

I bought it at the store.

why

why는 '왜'라는 뜻으로, 원인이나 이유를 물을 때 사용해요. '너는 왜 사과를 좋아하니?'라는 말은 'Why do you like apples?'라고 해요. 이때 대답하려면 because를 쓰면 돼요.

Why do you like apples?

It is because apples are delicious.

QR 찍고 발음 듣기

13 3주 주(主)와 객(客) 비교하기

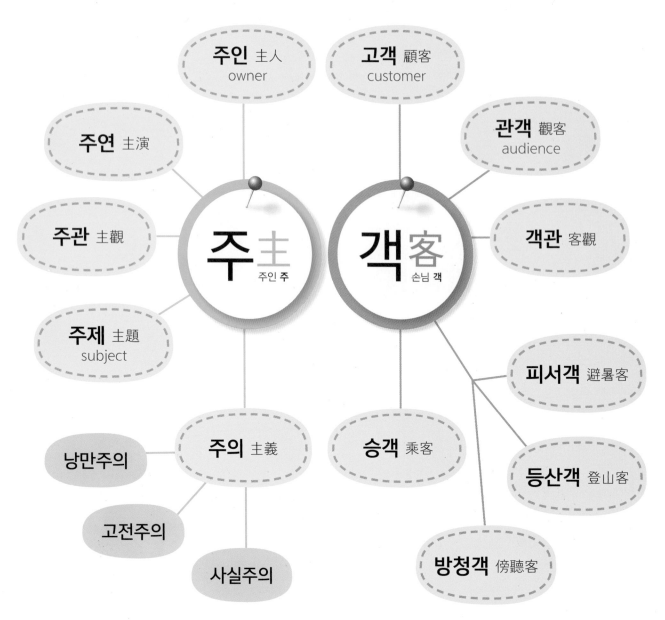

주인 主人 owner

고객 顧客 customer

주연 主演

관객 觀客 audience

주관 主觀

주 主 주인 주

객 客 손님 객

객관 客觀

주제 主題 subject

피서객 避暑客

주의 主義

승객 乘客

등산객 登山客

낭만주의

고전주의

방청객 傍聽客

사실주의

1 민수가 친구네 집에 가려고 해요. 갈림길의 문제를 읽고, 알맞은 답을 따라가서 친구네 집에 무사히 도착할 수 있도록 도와주세요.

주인 vs 고객
主(주인 주) 人(사람 인)
顧(돌아볼 고) 客(손님 객)

어떤 것을 자기의 것으로 가지고 있는 사람을 **주인**이라고 해요. 주인의 상대어는 **고객**으로, 가게를 찾는 손님이나 은행이나 회사와 거래하는 손님이에요. 이때 '돌아볼 고(顧)' 자가 '찾아오다', '계속 방문하다'는 뜻을 가지고 있어요.

주연 vs 관객
主(주인 주) 演(펼/멀리 흐를 연)
觀(볼 관) 客(손님 객)

주연은 연극이나 영화 등에서 중심(주인 주, 主)이 되는 인물을 맡아 연기를 펼치는 것(펼/멀리 흐를 연, 演)을 말해요. **관객**은 공연이나 영화 등을 구경하는(볼 관, 觀) 사람이지요.

주관 vs 객관
主(주인 주) 觀(볼 관)
客(손님 객)

주관은 자기(주인 주, 主)만의 생각이나 견해를 뜻해요. 그래서 시험 문제가 '주관식'이면 물음에 자기 생각대로 답을 쓰는 것이지요. 주관의 상대어인 **객관**은 자기의 느낌이나 생각을 담지 않고 있는 그대로 보는 것을 뜻해요.

주제
主(주인 주) 題(제목 제)

주제는 대화나 연구 등에서 중심이 되는 문제를 뜻해요. '대화 주제', '논문 주제'처럼 쓰지요. 또 주제는 예술 작품에서 나타내려고 하는 중심 생각을 일컫기도 해서, '자연을 주제로 한 그림', '연극의 주제' 등으로 쓰여요.

주의
主(주인 주) 義(옳을 의)

주의는 어떤 일에 대한 생각이나 의견을 뜻해요. '주의'가 어떤 낱말 뒤에 붙으면, 그를 바탕으로 하는 주장이나 흐름을 나타내지요. '낭만주의'는 꿈이나 공상 세계를 동경하고 감정을 중요하게 여기는 주의를, '고전주의'는 고대 그리스와 로마 시대의 고전 예술을 모범으로 삼아 본받고자 하는 주의를, '사실주의'는 현실을 있는 그대로 나타내고자 하는 주의를 가리켜요.

피서객 / 등산객
避(피할 피) 暑(더울 서) 客(손님 객)
登(오를 등) 山(산 산)

더위를 피해 시원한 곳으로 가는 '피서'에 '객(客)' 자가 붙은 **피서객**은 피서를 즐기는 사람, **등산객**은 등산을 즐기기 위해 산에 오르는 사람, '방청객'은 회의나 공개 방송 등을 옆에서(곁 방, 傍) 구경하는(들을 청, 聽) 사람을 말하지요.

승객
乘(탈 승) 客(손님 객)

기차나 지하철, 비행기를 탔을 때 안내 방송에서 "승객 여러분께 안내 말씀 드립니다."라고 말하는 소리를 들어 본 적이 있지요? **승객**은 버스, 비행기, 배 같은 곳에 타는(탈 승, 乘) 손님(손님 객, 客)을 뜻해요.

다양하게 발전한 근대 미술

18~19세기, 서양에서는 프랑스 혁명과 산업 혁명이라는 큰 사건을 겪으면서 많은 변화가 있었어요. 특히 미술 분야에서는 자유로운 정신과 분위기에 힘입어 다양한 흐름이 나타났지요. 그럼 근대 미술을 이끈 다양한 '주의'들을 알아볼까요?

신고전주의 (18세기 중반 ~ 19세기 초)	고대 그리스와 로마의 미술을 모범으로 삼았어요. 균형 잡힌 구도와 분명한 윤곽, 매끄러운 채색 등을 중요하게 여겼지요.	신고전주의를 대표하는 화가 다비드는 고전미와 세련미를 살린 그림을 많이 그렸어요.	〈나폴레옹 1세의 대관식〉, 자크 루이 다비드, 1807
낭만주의 (19세기 초중반)	신고전주의에 대한 반발로 생겼어요. 엄격한 규칙보다는 화가의 감정과 개성, 자유로운 표현 등을 중요하게 여겼지요.	들라크루아는 프랑스 낭만주의를 대표하는 화가예요. 문학의 소재나 역사적 사건에 상상을 더해 그렸어요.	〈민중을 이끄는 자유의 여신〉, 들라크루아, 1830
사실주의 (19세기 중반)	상상을 더해 그리는 낭만주의에 반대해 등장했어요. 눈에 보이는 것과 현실의 경험을 있는 그대로 표현하고자 했어요.	쿠르베는 사실주의의 기초를 마련한 프랑스의 화가예요. 서민들의 평범한 일상을 사실적으로 그렸지요.	〈안녕하십니까, 쿠르베 씨〉, 쿠르베, 1854
자연주의 (19세기 중반)	사실주의의 한 갈래로 보기도 해요. 자연의 소박한 아름다움을 사실적으로 표현했지요. 주로 농촌의 모습을 그렸어요.	자연주의의 대표적인 화가인 밀레는 들판 같은 자연 풍경과 농부의 모습을 온화하고 경건하게 표현했어요.	〈만종〉, 밀레, 1859
인상주의 (19세기 후반)	화가가 대상에 대해 느낀 순간의 인상을 나타내려고 했어요. 특히 빛에 따라 달라지는 색감을 표현하고자 했지요.	인상주의의 대표 화가인 모네는 대상을 객관적으로 묘사하기보다는 빛에 따른 변화를 표현하려고 했어요.	〈인상, 해돋이〉, 모네, 1872

1 다음 문장에 어울리는 낱말을 찾아 ○ 하세요.

① 〈흥부와 놀부〉 같은 전래 동화의 (주제 / 주연)은/는 대부분 착한 일을 권하고 악한 일은 벌하는 권선징악이다.

② 어떤 일에 대한 생각이나 의견을 뜻하는 (주의 / 주관)이/가 어떤 낱말 뒤에 붙으면 그 내용을 바탕으로 하는 주장이나 흐름을 뜻한다.

2 선생님의 질문에 맞는 낱말을 먼저 찾아서 선으로 잇고, 그 낱말의 상대어를 찾아 다시 선으로 이어 보세요.

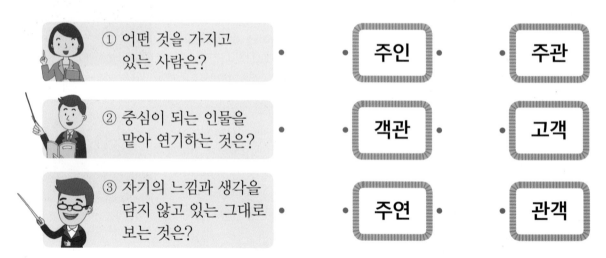

3 속뜻짐작 각 문장의 빈칸에 공통으로 들어갈 낱말은 무엇일까요? (   )

(1) 그는 이번 공연에 [   ] 가수로 초대를 받았어.

(2) 그분은 우리 대학교에서 [   ] 교수로 재직하셨어.

(3) 나는 글솜씨가 뛰어나서 학생 겸 [   ] 기자로 활동하고 있어.

① 객원   ② 논객   ③ 승객   ④ 하객

우리는 집이나 식당을 찾아온 사람도, 버스를 탄 사람도 '손님'이라고 해요.
영어에서는 각각의 상황에 따라 어떤 단어를 쓰는지 알아볼까요?

guest

'집에 놀러 온 손님'은 guest라고
해요. 반면에 '주인'은 host라고
하지요. 이 guest와 host의 의미
가 넓어져서 'TV 프로그램에서
고정적으로 사회를 보는 사람'을
그 프로그램의 주인이라는 뜻으
로 host라고 하고, host가 초대
하여 잠시 나오는 '초대 손님'을
guest라고 하기도 해요. 숙박 시
설에 묵는 '투숙객'도 guest라고
하지요.

Our special guest tonight is an amazing singer.
(오늘 밤 특별 초대 손님은 놀라운 가수입니다.)

3주 3일
학습 끝!

붙임 딱지 붙여요.

customer, client, passenger

식당이나 옷 가게 같은 '상점을 찾은 손님'은 영어로 customer라고
해요. client는 병원이나 법률 사무소 손님 같은 '전문 서비스를
이용하는 사람'을 말해요. passenger는
교통수단을 이용하는 손님, 즉 '승객'을
말해요.

All passengers must wear a life jacket.
(모든 승객은 구명조끼를 입어야 합니다.)

QR 찍고 발음 듣기

물질(物質) 관련 말 찾기

1 다음 글을 읽고 빈칸에 들어갈 낱말을 찾아 ○ 하세요.

① 물체를 만드는 재료를 ☐이라고 해요.
용질 　물질

② 물질이 모여 형태를 이룬 물건을 ☐라고 해요.
물체 　용매

③ 책은 ☐로 이루어진 물체예요.
유리 　종이

④ 물질에는 고유한 ☐이 있어 물체의 쓰임새와 연결돼요.
용질 　성질

⑤ 물체에 힘을 가했을 때 원래대로 돌아가려는 성질을 ☐이라고 해요.
물질 　탄성

⑥ 물질은 고체, 액체, 기체 세 가지 ☐로 존재해요.
상태 　종류

⑦ ☐는 공기나 연기처럼 정해진 모양이 없는 물질이에요.
기체 　액체

⑧ 한 가지 물질로만 이루어진 것을 ☐이라고 해요.
혼합물 　순물질

⑨ 쓰임새, 모양, 색깔, 크기 등 여러 가지 기준에 따라 나누는 것을 물체의 ☐라고 해요.
분류 　분리

⑩ 두 가지 이상의 물질이 섞인 혼합물에서 각각의 물질을 나누는 것을 ☐라고 해요.
분류 　분리

왜 옷은 금속으로 만들지 않을까요? 풍선을 유리로 만들면 어떻게 될까요? 우리 주변의 물체들은 쓰임새에 따라 다양한 물질로 만들어져요. 물질의 상태와 성질이 각기 다르기 때문이에요. 이렇게 다양하게 존재하는 물질과 물체에 대해서 알아보아요.

물체와 물질
物(물건 물) 體(몸 체)
質(바탕 질)

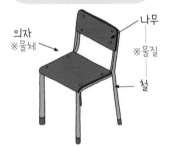

물체는 물건(물건 물, 物)의 형체(몸 체, 體)라는 뜻으로, 연필이나 공책처럼 모양이 있어서 공간을 차지하고 있는 것을 가리켜요. 물체를 이루고 있는 재료(바탕 질, 質)는 물질이라고 하지요. 즉, 물체인 연필은 흑연과 나무라는 물질로 이루어져 있고, 물체인 의자는 나무와 금속이라는 물질로 이루어져 있지요. 이처럼 모든 물체는 하나 혹은 그 이상의 물질로 이루어져 있어요.

물질의 종류
種(씨 종) 類(무리 류/유)

물질의 **종류**는 다양해요. 물체를 이루는 대표적인 물질에는 나무, 금속, 유리, 고무, 플라스틱 등이 있지요. '나무'로는 야구방망이나 책상 등을 만들고, '금속'으로는 가위 날이나 망치 등을, '유리'로는 음료수 병이나 창문 등을, '고무'로는 타이어와 지우개 등을 만들지요. '플라스틱'은 값이 싸고 가공하기가 쉬워서 다양한 생활용품의 재료로 쓰이고 있어요.

물질의 성질
性(성품 성) 質(바탕 질)

탄성이 뛰어난 고무

물질은 저마다 고유한 **성질**을 가지고 있어요. '탄성'은 물체를 구부리거나 눌렀을 때, 원래 형태로 돌아가려는 성질이에요. '유연성'은 부드럽고 연한 성질로, 유연성이 좋은 구리는 쉽게 구부러지지만 유연성이 없는 나무는 힘을 주면 뚝 부러져요. '열전도'는 열이 온도가 높은 곳에서 낮은 곳으로 옮겨 가는 현상으로, 열전도를 수치로 나타낸 것을 '열전도율'이라고 해요. 금속은 열전노율이 높아 쉽게 뜨거워지지요.

물질의 상태
狀(모양 상) 態(모양 태)

고체
액체
기체

사물이 놓여 있는 모양을 상태라고 해요. 우리 주변의 물질은 보통 고체, 액체, 기체의 상태로 존재하지요. 얼음처럼 눈에 보이고 손으로 잡을 수 있으며 모양과 크기가 변하지 않는 물질은 '굳을 고(固)' 자를 써서 '고체', 물처럼 일정한 모양 없이 흐르는 물질은 '진액 액(液)' 자를 써서 '액체', 눈에 보이지 않고 손에 잡히지 않는 공기 같은 물질은 '기운 기(氣)' 자를 써서 '기체'라고 해요. 그런데 물질은 온도나 압력에 따라 상태가 변해요. 액체인 물을 얼리면 고체인 얼음이, 물을 끓이면 기체인 수증기가 되지요.

순물질/혼합물
純(순수할 순) 物(물건 물)
質(바탕 질) 混(섞을 혼)
合(합할 합)

물질은 크게 순물질과 혼합물로 나뉘어요. 순물질은 순수하게(순수할 순, 純) 한 가지 물질로만 이루어진 것으로 물, 소금, 다이아몬드 등이 있어요. 혼합물은 두 가지 이상의 순물질이 각각의 성질을 그대로 가진 채 섞여(섞을 혼, 混) 있는 것이에요. 이산화 탄소, 질소 등이 섞여 있는 공기, 물과 과즙이 섞인 과일 주스, 여러 가지 곡식으로 지은 잡곡밥 등이 혼합물에 속해요.

순물질인 물과 다이아몬드

혼합물인 과일 주스와 오곡밥

분류/분리
分(나눌 분) 類(무리 류/유)
離(떠날 리/이)

분류는 여러 가지 사물을 종류(무리 류/유, 類)에 따라 나누는(나눌 분, 分) 거예요. 분리는 서로 나누어(나눌 분, 分) 떨어지는(떠날 리/이, 離) 것으로, 혼합물에서 각각의 물질을 따로 떼어 내는 것을 '혼합물의 분리'라고 해요. 한편 소금을 물에 녹이면 혼합물인 소금물이 돼요. 이처럼 어떤 물질이 다른 물질에 녹아 섞이는 현상을 '용해'라고 해요. 이때 물처럼 다른 물질을 녹이는 것을 '용매', 소금처럼 다른 물질에 녹는 것을 '용질'이라고 해요.

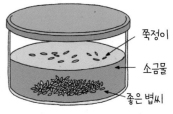

쭉정이
소금물
좋은 볍씨

볍씨를 소금물에 넣어서
좋은 볍씨와 쭉정이를 분리해요.

1 다음 빈칸에 알맞은 낱말을 보기에서 찾아 써 보세요.

공기는 산소와 질소 등의 물질을 포함하고 있어
요. 이렇게 두 가지 이상의 물질이 섞여 있으면서
각각의 물질들이 그 성질을 잃어버리지 않은 것을
☐☐☐ 이라고 해요.

아르곤: 0.93%
이산화 탄소: 0.03%
기타: 0.03%
산소 21%
질소 78%

공기의 구성 물질

보기   혼합물   순물질

2 다음 빈칸에 들어갈 낱말을 찾아 ○ 하세요.

어떤 게 더 단단할까?

물질이 가지고 있는 고유한 ☐ 에 대해서 알아보고 있구나?

성질

종류

상태

3 속뜻 짐작 빈칸에 들어갈 낱말이 순서대로 짝 지어진 것을 골라 보세요. (   )

나는 물질의 상태를 변화시킬 수 있어.
오~ 정말?

고체인 얼음에 내 뜨거운 입김을 불면 액체인 물이 돼.
☐ 를 시킨다고?

또 액체인 물에 내 뜨거운 열기가 닿으면 기체인 수증기가 되지.
오옷! ☐ 까지! 대단해!

① 기화 – 액화   ② 융해 – 기화   ③ 응고 – 기화   ④ 기화 – 응고

물질은 상태에 따라 고체, 액체, 기체로 나눌 수 있어요.
물질의 세 가지 상태를 영어로 알아볼까요?

three states of matter

'물질의 세 가지 상태'를 three states of matter라고 해요. 물질의 상태는 열과 압력에 의해 변화할 수 있어요.

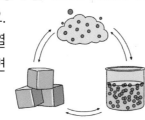

solid

'고체'는 solid라고 해요. solid는 딱딱한 것도 있고 부드러운 것도 있지만 일정한 모양을 유지하고 있다는 것이 특징이에요.
고체 상태의 물은 바로 '얼음(ice)'이에요.

3주 4일
학습 끝!

붙임 딱지 붙여요.

liquid

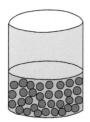

'액체'는 liquid라고 해요. liquid는 눈으로 볼 수는 있지만 일정한 모양이 없어서 손으로 잡을 수 없고, 담는 그릇에 따라 모양이 달라져요. 액체 상태인 '물'은 water예요.

gas

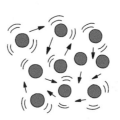

'기체'는 gas라고 해요. gas는 눈으로 볼 수도 없고, 손으로 잡을 수도 없어요. 물이 기체 상태로 변하면 '수증기(steam)'가 돼요.

QR 찍고 발음 듣기

방송(放送) 관련 말 찾기

촬영　편집　방영

제작 製作

시청자 視聽者
viewer

방송국 放送局
broadcasting station

시청률 視聽率
rating

국영 방송
國營 放送

방송 放送
놓을 방　보낼 송

공영 방송
公營 放送

케이블 방송
--- 放送

민영 방송
民營 放送

위성 방송
衛星 放送

지상파 방송
地上波 放送

제작진 製作陣　출연진 出演陣

1 사람들이 퀴즈 방송에 출연해서 문제를 풀고 있어요. 빈칸에 알맞은 글자를 <mark>보기</mark> 에서 찾아 써 보세요.

① 나라가 맡아서 운영 하는 방송 형태는 무 엇일까요?

② 촬영한 자료들을 다 듣고 엮는 것을 뭐라 고 할까요?

③ 시청자들이 어떤 방송 을 얼마나 시청했는지 나타내는 비율은?

① ☐ 영 ☐ 송   ② 편 ☐   ③ ☐ ☐ 률

<mark>보기</mark> 청   시   방   집   국

2 다음 대화를 읽고, '우리'에 해당하는 낱말을 찾아 색칠해 보세요.

요즘 케이블 방송과 위성 방송 등 여러 매체가 등장해서 우리는 다양한 프로그램을 골라서 볼 수 있게 되었어요.

우리는 방송을 보고 듣는 사람이에요.

시청자

출연진

제작진

여러분은 세상의 소식을 얻기 위해 텔레비전 뉴스를 보곤 하지요? 텔레비전처럼 많은 사람에게 다양한 정보를 전달하는 수단을 '대중매체'라고 해요. 그중 텔레비전이나 라디오같이 매일 접하는 방송 매체에 대해 알아볼까요?

방송국
放(놓을 방) 送(보낼 송)
局(판 국)

텔레비전이나 라디오로 여러 사람이 보고 들을 수 있게 소리나 영상을 전파로 보내는 것을 '방송'이라고 해요. 필요한 시설을 갖추고 라디오나 텔레비전을 통해서 방송을 내보내는 곳은 **방송국**이지요. 방송에서는 영상과 음성으로 각종 정보를 전달해 주기도 하고, 방송극이나 예능 프로그램 등을 통해 즐거움을 주기도 해요.

방송국

제작
製(지을 제) 作(지을 작)

제작은 물건이나 예술 작품 등을 만드는 것을 뜻해요. 그럼 방송에 내보내기 위한 영상은 어떻게 제작할까요? 먼저 어떤 프로그램을 만들 것인지 기획하고, 그 내용을 바탕으로 하여 대상을 카메라로 찍는데 이를 '촬영'이라고 해요. 촬영을 마치면 촬영한 것을 모아 엮어서 완성된 영상으로 만드는 것을 '편집'이라고 하고, 완성된 영상을 전파를 통해 내보내는 것을 '방영'이라고 해요.

시청자/ 시청률
視(볼 시) 聽(들을 청)
者(사람 자)
率(거느릴 솔/헤아릴 률/율)

눈으로 보고(볼 시, 視) 귀로 듣는(들을 청, 聽) 것을 '시청'이라고 하고, 방송을 시청하는 사람을 **시청자**라고 해요. **시청률**은 텔레비전에서 어떤 프로그램이 얼마나 시청되는지 비율로 나타낸 거예요. 시청률이 30%라고 하면, 텔레비전이 있는 열 가구 중에서 세 가구가 이 프로그램을 시청했다는 뜻이지요. 시청률은 방송 프로그램의 가치를 결정하는 요소 중 하나로 꼽혀요.

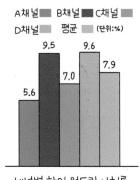
채널별 한일 월드컵 시청률

지상파 방송 /위성 방송

地(땅 지) 上(위 상) 波(물결 파)
放(놓을 방) 送(보낼 송)
衛(지킬 위) 星(별 성)

방송국에서 보낸 전파를 시청자에게 전달하는 방법에 따라 지상파 방송, 케이블 방송, 위성 방송 등으로 나뉘어요. 지상파는 땅 위의 송신탑을 통해 전달되는 전파로, 지상파를 이용하는 방송을 **지상파 방송**이라고 해요. KBS, MBC, EBS 등이 지상파 방송을 내보내는 방송사예요. **위성 방송**은 방송사에서 인공위성으로 전파를 보낸 다음 다시 시청자에게 보내는 방송이고, '케이블 방송'은 전력선 같은 케이블을 이용하는 방송으로 '유선 방송'이라고도 해요.

제작진/ 출연진

製(지을 제) 作(지을 작)
陳(진칠 진) 出(날 출)
演(펼/멀리 흐를 연)

방송국에서 각종 프로그램을 제작하는 사람들을 **제작진**이라고 해요. 드라마 제작진에는 대본을 쓰는 작가, 드라마를 총괄해서 만드는 방송 연출가 등이 있어요. 연기나 공연 등을 하기 위해 나오는 것을 '출연'이라고 하는데, 방송에 나오는 사람들도 '진(陳)' 자를 붙여서 **출연진**이라고 해요.

국영 방송/ 공영 방송

國(나라 국) 營(경영할 영)
放(놓을 방) 送(보낼 송)
公(공평할 공)

방송의 종류는 누가 주체가 되는가에 따라 세 가지로 구분할 수 있어요. 나라(나라 국, 國)가 맡아서 운영(경영할 영, 營)하는 방송은 **국영 방송**이라고 해요. **공영 방송**은 정부나 기업의 영향을 받지 않고 독립적으로 운영되는 방송으로 국민에게 공정한 정보와 프로그램을 제공하는 것을 목표로 삼지요. '민영 방송'은 민간(백성 민, 民)의 자본으로 운영하는(경영할 영, 營) 방송으로, 이익을 얻는 것이 목적이기 때문에 기업이 내는 광고료에 의지해요. 그래서 '상업 방송'이라고도 불러요.

공영 방송국 KBS

1 다음 문장에 알맞은 낱말을 골라서 ○ 하세요.

 ① 방송국에서 프로그램을 만드는 사람들은 (출연진 / **제작진**)이에요.

 ② 방송사에서 인공위성으로 전파를 보낸 다음 다시 시청자에게 보내는 방송은 (**위성 방송** / 케이블 방송)이에요.

 ③ 민간인이 운영하는 방송을 (공영 방송 / **민영 방송**)이라고 해요.

 ④ 전파를 통해서 영상을 내보내는 것을 (제작 / **방영**)이라고 해요.

2 다음 설명에 해당되는 낱말을 낱말표에서 찾아 묶어 보세요.

① 여러 시설을 갖추고 방송을 내보내는 곳

② 방송에 나오는 사람들

③ 방송 프로그램을 만드는 일

④ 시청자들이 어떤 방송을 얼마나 시청했는지 나타내는 비율

제	출	연	진
작	민	영	방
시	청	자	송
시	청	률	국

3 속뜻짐작 다음 신문 기사를 읽고, 빈칸에 알맞은 낱말을 골라 보세요. (　　)

최근, 인터넷을 이용해서 개인이 방송을 주도하는 ☐ 방송이 늘고 있다. ☐ 방송은 시청자가 채팅을 통해 방송에 직접 참여할 수 있어 획기적이지만 걱정의 시선도 적지 않다. 경제적 이익을 위해 자극적인 장면이 그대로 방송되는 경우도 있기 때문이다.

① 라디오　　② 1인　　③ 케이블　　④ 게임

106

방송국에서는 많은 사람들이 함께 일하고 있어요.
방송국에서 일하는 사람들을 영어로 알아볼까요?

sound engineer

영상에 어울리는 소리를 담는 일을 하는 사람을 '음향 기사(sound engineer)'라고 해요.

actor

'연기를 하는 사람'을 actor라고 해요. '여자 배우'는 actress라고 하지요.

3주 5일
학습 끝!

붙임 딱지 붙여요.

producer

프로그램을 책임지고 만드는 사람을 '프로듀서(producer)'라고 해요.

writer

'방송 작가'는 writer라고 해요. 방송을 제작하기 위해서는 배우들의 대사와 동작, 장면의 순서 등을 적어 놓은 방송 대본이 필요하지요.

cameraman

'카메라로 촬영하는 사람'을 cameraman이라고 해요. 배우들의 연기는 cameraman의 촬영을 통해 화면에 저장될 수 있어요.

QR 찍고 발음 듣기

3주

아무 대답이 없는 '묵묵부답'

김무부 주지 스님!

스님께
말 걸어도
소용없어.

왜?

스님께서는 10년째
묵언 수행 중이시라
항상 묵묵부답이셔.

후후……

그렇지! 묵묵부답.

오…

슥   슥

잠자코 아무 말도 하지
않은 지 어언 10년…….

누구도 나만큼 오래 묵언수행을
하지 못했지.

고   요

묵묵부답(잠잠할 묵 默, 아니 불/부 不, 대답 답 答):
잠자코 있으면서 아무 대답도 하지 않는 거예요.

109

토잉이와 함께
끝까지 해 보자고!

PART 3

PART3에서는 소리나 뜻이 비슷해서
헷갈리기 쉬운 낱말들을 비교하며 배워요.

비(非), 비(飛), 비(比) 비교하기

비행 非行
wrongdoing

비행 飛行
flight

비상 非常
emergency

비상 飛上
flying

비영리
非營利

비공식
非公式

非 아닐 비

비

飛 날 비

용비어천가
龍飛御天歌

비보호
非保護

比 견줄 비

비교 比較

비무장 지대
非武裝 地帶

비율 比率
rate

비례 比例

정비례

반비례

1 각 설명에 알맞은 낱말이 되도록 보기 에서 글자를 골라 빈칸에 써 보세요.

① 이익을 얻으려는 목적이 아닌 것
예 비○○ 단체

② 나라나 기관에서 인정하지 않은 것
예 비○○ 기록

③ 평상시와 다르게 매우 다급하고 위태로운 것
예 비○사태

비 非

보기 영 식 상 공 리

④ 하늘을 날아다니는 것
예 떴다, 떴다 비○기!

⑤ 높이 날아오르는 것
예 비○을 꿈꾸다

비 飛

보기 행 상

⑥ 한쪽의 양이 증가하면 다른 쪽의 양도 그만큼 증가하는 것
예 정비○와 반비○

⑦ 기준량에 견주어 비교하는 양이 얼마인지 나타내는 것
예 혼합 비○

⑧ 여럿을 서로 대어 보고 판단하는 것
예 비○ 대상

비 比

보기 교 율 례

비행 vs 비행
非(아닐 비) 行(갈 행) 飛(날 비)

'아닐 비(非)' 자가 들어간 **비행**은 법에 어긋나거나 도덕적으로 잘못된 행동을 말해요. '날 비(飛)' 자가 들어간 **비행**은 하늘을 날아다니는 것을 뜻하지요. 우주를 비행하는 우주선을 조종하는 사람은 '우주 비행사'예요.

비상 vs 비상
非(아닐 비) 常(항상 상)
飛(날 비) 上(위 상)

비상(아닐 비 非, 항상 상 常)은 평상시와 다르게 급하고 위태로운 것을 말해요. '날 비(飛)' 자가 쓰인 **비상**은 공중으로 날아서 높이 올라가는 것을 뜻해요. 어떤 한계를 뛰어넘어 발전하는 모습을 비유할 때 쓰이기도 해요.

비영리 / 비공식
非(아닐 비) 營(경영할 영)
利(이로울 리/이) 公(공평할 공)
式(법 식)

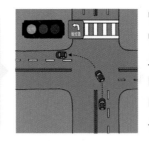

낱말에 '비(非)' 자가 붙으면 '어떤 것이 아니다'라는 말이 돼요. '영리'는 돈을 벌어 이익을 내는 것이므로 **비영리**는 이익을 얻기 위한 목적이 아닌 것이고, **비공식**은 나라나 기관에서 인정하지 않은 거예요. **비보호**는 교차로에서 직진 신호일 때 좌회전을 허용하는 신호 방식이에요.

비무장 지대
非(아닐 비) 武(굳셀 무) 裝(꾸밀 장)
地(땅 지) 帶(띠 대)

무장은 총, 칼 같은 무기나 장비를 갖추는 것이고, '비(非)' 자가 붙은 '비무장'은 무기를 갖추지 않는 것을 뜻해요. **비무장 지대**는 싸우던 두 나라나 단체가 군사 시설이나 군인을 두지 않기로 약속한 곳이에요. 한반도는 휴전선에서 남쪽과 북쪽으로 각각 2km까지의 구간이 비무장 지대이지요.

용비어천가
龍(용 룡/용) 飛(날 비) 御(어거할 어)
天(하늘 천) 歌(노래 가)

용비어천가는 조선 세종 때 훈민정음으로 쓴 최초의 작품이에요. '용이 날아 하늘을 다스리는 노래'라는 뜻으로, 용은 임금을 일컫지요. 세종 때의 선조인 목조에서 태종에 이르는 왕가의 업적을 찬양하는 내용이 담겨 있어요.

비율
比(견줄 비)
率(거느릴 솔/헤아릴 률/율)

비율은 어떤 수나 양에 견주어 비교하는 수나 양이 얼마인지 셈해 보는 거예요. 요리를 할 때 소금의 비율이 너무 낮으면 음식이 싱거워지고, 소금의 비율이 너무 높으면 짜게 되지요.

소금 비율에 문제가 있군!

비례
比(견줄 비) 例(법식 례/예)

한쪽의 수나 양이 늘어나는 만큼 다른 쪽의 수나 양도 늘어나는 것을 **비례**라고 해요. 수학에서 두 양이 같은 비율로 늘거나 줄어드는 것을 '정비례', 한쪽이 커질 때 다른 쪽이 같은 비율로 작아지는 것을 '반비례'라고 해요.

비교
比(견줄 비) 較(견줄 교)

비교는 둘 이상의 것을 견주는 것을 말해요. '견줄 비(比)' 자는 두 사람이 나란히 서 있는 모양을 본 뜬 것인데, 여기서 서로 다른 두 대상을 대어 보고 판단한다는 뜻의 '견주다'는 말이 생겼어요.

정비례와 반비례

　수학에서 '비례'는 한쪽의 수나 양이 늘어나면 다른 쪽의 수나 양도 늘어나는 것을 말해요. 비례에는 정비례와 반비례가 있어요. '정(正)' 자에는 '바르다'는 뜻도 있지만 '서로 같다'는 뜻도 있어서 '정비례'라고 하면 두 양의 관계가 서로 같은 비율로 늘어나는 것을 뜻하지요. 다음의 예를 살펴볼까요?

정비례	사탕 (1개 100원)	1개	2개	3개	4개
	필요한 돈	100원	200원	300원	400원

　사탕의 개수가 두 배, 세 배, 네 배 늘어날수록 필요한 돈도 똑같이 두 배, 세 배, 네 배로 늘어나고 있지요? 이렇게 서로 같은 비율로 늘어나는 것을 '정비례'라고 해요.

반비례	사람 수	1명	2명	4명	8명
	먹을 수 있는 피자 조각의 수	8개	4개	2개	1개

　'반비례'는 한쪽이 커질 때 다른 쪽은 반대로 줄어드는 것을 뜻해요. 예를 들어 피자 한 판을 여덟 조각으로 나누어 먹을 때 혼자 다 먹으면 여덟 조각을 먹고, 둘이 먹으면 네 조각씩, 넷이 먹으면 두 조각씩 먹을 수 있지요. 한 명, 두 명, 네 명 이렇게 사람은 늘어나는데, 반대로 피자 조각은 여덟 조각, 네 조각, 두 조각으로 점점 줄어들어요. 이것을 반비례한다고 해요.

속뜻 짐작 능력 테스트

1 다음 밑줄 친 낱말의 뜻을 찾아 선으로 이어 보세요.

① <u>비행</u> 청소년이었던 그가 성공한 사람이 되었다. ・　　　・ 법이나 도덕에 어긋나는 잘못된 행동

② 물에서 나온 잠자리가 첫 <u>비행</u>에 성공했다. ・　　　・ 어떤 수에 견주어 비교하는 수가 얼마인지 셈해 보는 것

③ 자신을 다른 사람과 <u>비교</u>하지 마세요. ・　　　・ 여럿을 서로 견주는 것

④ 양념장을 만들 때는 각 재료들의 <u>비율</u>이 중요해. ・　　　・ 하늘을 날아다니는 것

2 다음 대화의 빈칸에 알맞은 글자를 써 보세요.

> 뿌리 깊은 나무는 바람에도 흔들리지 않기 때문에 꽃이 아름답고 열매가 많다는 뜻이란다.

> 이게 무슨 뜻이에요?

> 아하! 조선 세종 때 지은 건데, 용이 날아 하늘을 다스리는 노래라는 뜻인 용☐어천가!

3 다음 빈칸에 공통으로 들어갈 낱말은 무엇일까요? (　　　)

모두 평상시와 다른 상황에 대한 설명이야.

☐금은 급할 때 쓰려고 따로 마련해 놓은 돈이야.

☐구는 위험할 때 급히 대피할 수 있게 마련해 놓은 문이야.

☐사태는 전쟁, 재난 같은 위험하고 급한 일이 벌어진 상태야.

① 비상　　　② 위험　　　③ 정상　　　④ 평상

116

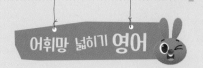

하늘을 나는 것은 인류의 오랜 꿈이었어요.
비행과 관련된 단어들을 영어로 알아볼까요?

airplane

'비행기'는 airplane이라고 해요. 최초로 비행에 성공한 비행기는 1903년에 라이트 형제가 만든 '플라이어 호'예요. 플라이어 호는 12초 동안 비행하는 데 성공했지요. 이후로 비행기는 점점 발전해서 많은 승객들을 태울 수 있는 대형 여객기와 빠른 속도로 날 수 있는 제트기 등도 만들어졌답니다.

airport

비행기를 타러 가는 곳인 '공항'은 airport라고 해요. 공항에는 비행기가 뜨고 내리는 곳인 '비행장'이 있는데 이것은 airfield라고 하지요. 비행장에는 수많은 비행기가 서로 부딪치지 않고 안전하게 다닐 수 있게 이끌어 주는 관제탑이 있어요. '관제탑'은 control tower라고 해요.

**4주 1일
학습 끝!**

붙임 딱지 붙여요.

spaceship

우주를 날아다닐 수 있게 만든 기계인 '우주선'은 spaceship이라고 해요. 1969년, 미국이 쏘아 올린 우주 왕복선인 아폴로 11호가 인류 최초로 달에 착륙했지요.

astronaut

우주선을 타고 우주를 비행하는 사람은 '우주 비행사'예요. 영어로는 astronaut이라고 해요. 우주는 중력도 없고, 산소도 없기 때문에 우주 비행사는 특별한 의상인 우주복을 입어요. '우주복'은 spacesuit이지요.

QR 찍고 발음 듣기

소(所), 소(素), 소(消) 비교하기

어? 왜?

엄마! 저 용돈 좀 올려 주세요.

저도 소비를 줄이고 소박하고 검소한 생활을 하려고 노력하는데 요즘 워낙 소비재들이 비싼 데다가, 어쩌고 저쩌고……

아이고, 알았다. 알았어. 올려 줄게!

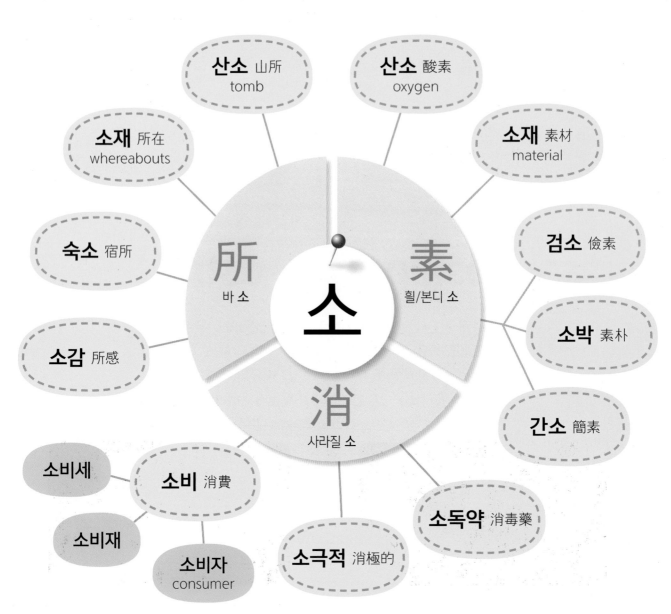

산소 山所
tomb

산소 酸素
oxygen

소재 所在
whereabouts

소재 素材
material

숙소 宿所

검소 儉素

所
바 소

소
素
흴/본디 소

소박 素朴

소감 所感

消
사라질 소

간소 簡素

소비세

소비 消費

소독약 消毒藥

소비재

소극적 消極的

소비자
consumer

1 민수네 가족이 여행지에서 숙소를 찾고 있어요. '사라지다'의 뜻을 가진 낱말을 순서대로 따라가서 민수네 가족이 숙소에 도착할 수 있게 도와주세요.

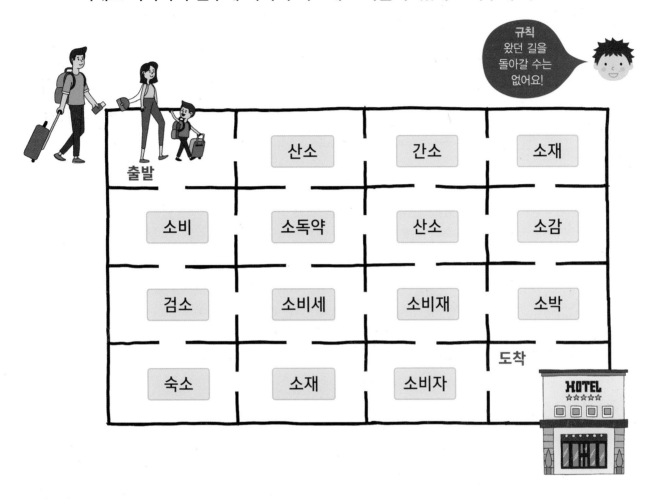

2 각 설명에 알맞은 낱말을 찾아 색칠해 보세요.

① 사람이나 사물이 있는 곳을 말해요. ⬜ 소재 ⬜ 소박

② 어떤 일에 선뜻 나서지 않는 것을 뜻해요. ⬜ 소극적 ⬜ 소비세

③ 씀씀이가 헤프지 않거나 차림새가 수수한 거예요. ⬜ 소감 ⬜ 검소

④ 간단하고 소박한 것을 일컫는 낱말이에요. ⬜ 간소 ⬜ 소비

산소 vs 산소
山(산 산) 所(바 소)
酸(실 산) 素(흴/본디 소)

'산 산(山)' 자와 '바 소(所)' 자가 합쳐진 **산소**는 사람의 무덤(산 산, 山)을 뜻해요. 이때 '산(山)' 자는 무덤을 일컫지요. 한편 소리는 같지만 '실 산(酸)' 자와 '흴/본디 소(素)' 자가 합쳐진 **산소**는 공기의 중요한 성분으로, 동식물이 살아가는 데 꼭 필요한 기체예요.

소재 vs 소재
所(바 소) 在(있을 재)
素(흴/본디 소) 材(재목 재)

'바 소(所)' 자와 '있을 재(在)' 자로 이루어진 **소재**는 사람이나 사물이 있는 장소를 말해요. 이때 '소(所)' 자는 어떤 장소를 일컫지요. 한편 '흴/본디 소(素)' 자와 '재목 재(材)' 자가 합쳐진 **소재**는 무엇을 만드는 재료를 뜻해요.

숙소
宿(잠잘 숙) 所(바 소)

숙소는 집을 떠난 사람이 임시로 묵는(잠잘 숙, 宿) 곳을 뜻해요. '임시 숙소', '숙소를 정하다.'처럼 써요. 비슷한 의미를 가진 낱말로 숙박이 있어요. '숙박'은 호텔이나 여관 같은 시설에서 머무는 것을 뜻하지요.

우승 소감 부탁드려요.

소감
所(바 소) 感(느낄 감)

어떤 일을 겪으면서 느낀(느낄 감, 感) 점을 **소감**이라고 해요. '수상 소감을 묻다.'처럼 써요. 소감과 비슷한 말로 마음속으로 느끼고 생각하는(생각 상, 想) 것을 뜻하는 '감상'이 있지요.

검소 / 소박
儉(검소할 검) 素(흴/본디 소)
朴(순박할 박)

씀씀이가 헤프지 않거나 차림새가 수수한 것을 **검소**하다고 해요. 검소의 상대어는 '사치'이지요. 꾸밈없이 있는 그대로의 모습은 **소박**하다고 해요. 겉치레 없이 수수한 것을 말하지요. 간단하고 소박한 것은 '간소'라고 해요.

현명한 소비자

소비
消(사라질 소) 費(쓸 비)

소비는 돈, 물건, 시간 등을 써서 없애는 거예요. '소비자'는 물건을 구입해서 쓰는 사람이고, '재목 재(材)' 자를 붙인 '소비재'는 쌀이나 비누처럼 생활하는 데 쓰는 물건을 말해요. '세금 세(稅)' 자가 합쳐진 '소비세'는 소비자가 상품을 살 때 부과하는 세금이지요.

가계부

소독약
消(사라질 소) 毒(독 독) 藥(약 약)

'사라질 소(消)' 자와 '독 독(毒)' 자가 만난 '소독'은 상처나 물체 따위에 묻어 있는 병원균을 죽이는 것을 말해요. 소독할 때 쓰는 약품을 '약 약(藥)' 자를 합해서 **소독약**이라고 해요.

소극적
消(사라질 소) 極(다할 극)
的(과녁 적)

스스로 어떤 일에 나서지 않고, 활동적이지 않은 것을 **소극적**이라고 해요. '소극적 자세', '소극적 대응'처럼 쓰지요. 상대어로는 어떤 일에 대해 자발적으로 나서고 있는 힘을 다하는 '적극적'이 있어요.

생물에게 꼭 필요한 산소

산소는 생명체가 살아가는 데 꼭 필요한 물질이에요. 하지만 눈에 보이지도 않고 아무 냄새도 없는 산소의 정체를 어떻게 알아낼 수 있었을까요?

산소를 발견한 사람은 영국의 프리스틀리 목사예요. 프리스틀리 목사는 밀폐된 유리병 안에 넣은 쥐는 얼마 후에 죽고 말았지만, 유리병 안에 녹색 식물을 함께 두면 쥐가 죽지 않는다는 것을 실험을 통해 알게 되었어요. 그리하여 식물이 만들어서 공기 중으로 내보내는 산소의 존재를 발견하게 된 것이지요. 이 무렵 과학자들은 공기가 한 가지 물질로 이루어진 것이 아니라는 것을 발견하고 공기를 연구하기 시작했고, 공기 중에는 산소 외에도 질소 같은 기체가 섞여 있다는 것을 밝혀냈어요. 그럼 공기에 어떤 기체들이 포함되어 있는지 알아볼까요?

〈공기를 이루는 물질〉

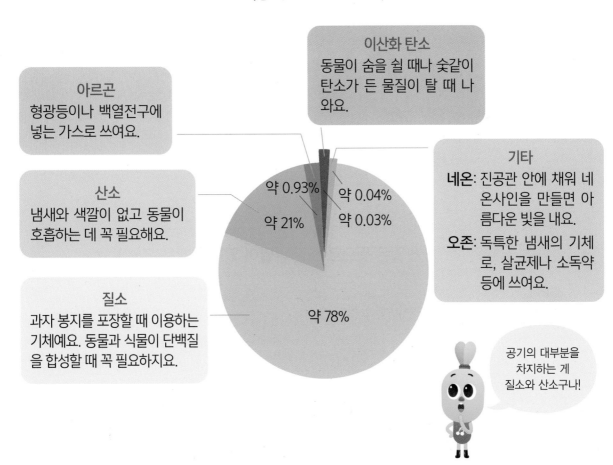

이산화 탄소
동물이 숨을 쉴 때나 숯같이 탄소가 든 물질이 탈 때 나와요.

아르곤
형광등이나 백열전구에 넣는 가스로 쓰여요.

산소
냄새와 색깔이 없고 동물이 호흡하는 데 꼭 필요해요.

질소
과자 봉지를 포장할 때 이용하는 기체예요. 동물과 식물이 단백질을 합성할 때 꼭 필요하지요.

기타
네온: 진공관 안에 채워 네온사인을 만들면 아름다운 빛을 내요.
오존: 독특한 냄새의 기체로, 살균제나 소독약 등에 쓰여요.

약 0.93%
약 0.04%
약 21%
약 0.03%
약 78%

공기의 대부분을 차지하는 게 질소와 산소구나!

1 다음 글을 읽고, 빈칸에 들어갈 낱말을 찾아 선으로 이어 보세요.

> 높은 산에 오르면 [ ]이/가
> 부족해서 숨이 가쁘다. •

> 이 영화는 전원에서의 생활을
> [ ]하게 담아 냈다. •

• 소박

• 산소

2 선생님의 설명을 읽고, 빈칸에 알맞은 낱말을 보기 에서 찾아 써 보세요.

> 일상생활에서 우리가 사용하는 상품
> 들을 말해요. 예를 들어 자동차, 냉
> 장고, 비누, 치약 같은 것들이 바로
> [ ]예요.

> 보기   소비세   소비재   소비자

3 밑줄 친 낱말의 '소' 자와 같은 뜻으로 쓰인 낱말이 있는 문장은 무엇일까요? (   )

그 친구는 그림에 **소질**이 있어.

소질은 '본디의
성질'을 뜻해. '본디'
의 뜻을 가진 낱말을
찾아봐!

① 이 기기는 첨단 **소재**로 만든 것이다.

② 가족들이 모두 모여 할아버지 **산소**에 갔다.

③ 여행지에서 마음에 드는 **숙소** 찾기가 어렵다.

④ 그는 우승 **소감**을 말하며 펑펑 울었다.

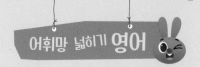

숙소는 집을 떠난 사람이 묵는 곳을 말해요.
다양한 숙소의 형태를 영어 단어로 알아볼까요?

hotel

규모가 큰 고급 숙소를 hotel(호텔)이라고
해요. hotel은 잠을 잘 수 있는 방과 식당,
커피숍 등 갖가지 시설들을 갖추고 있어요.

condo

객실에 싱크대, 가스레인지 등의 취사 시설
이 설치된 숙박 시설을 condo(콘도)라고
해요. condo는 condominium의 줄인 말
이에요.

4주 2일
학습 끝!

붙임 딱지 붙여요.

youth hostel

hostel(호스텔)은 저렴한 가격으로 공동 침
실에서 여러 명이 투숙하는 시설이에요. 세
계 곳곳에는 청소년과 젊은이들이 자연을
체험하고 여가를 즐길 수 있도록 저렴한 비
용의 호스텔인 youth hostel이 있어요.

resort

resort(리조트)는 원래 바닷가나 산 등의 경
치 좋은 곳을 뜻하는 낱말이에요. 숙박 시설
중에서 특별히 휴양과 피서 및 스포츠 등의
목적으로 세운 곳을 resort라고 하지요. 휴양
을 즐기기 좋은 곳에 주로 세워져요.

QR 찍고 발음 듣기

소리가 같은 말 구분하기

실명
失(잃을 실) 明(밝을 명)

의사는 **실명** 환자의 시력을 회복시켜 주었다.
헬렌 켈러는 어릴 때 큰 병을 앓아 **실명**했다.

'잃을 실(失)' 자에 '밝을 명(明)' 자를 더한 **실명**은 시력을 잃어 앞을 볼 수 없게 되는 것을 뜻해요. 여기서 '명(明)' 자는 눈으로 볼 수 있는 능력인 '시력'을 가리키지요. 실명하여 앞을 볼 수 없는 사람은 '사람 자(者)' 자를 더해 '실명자'라고 해요. 같은 말로 '시각 장애인' 혹은 '맹인'이 있어요.

실명
實(열매 실) 名(이름 명)

범인의 **실명**이 공개되었다.
네 친구의 별명 말고 **실명**을 알려 줘.

'열매 실(實)' 자와 '이름 명(名)' 자로 이루어진 **실명**은 실제의 이름을 뜻해요. 우리나라에서는 은행에서 거래할 때 반드시 실명으로 해야 하는데, 이것을 '금융 실명제'라고 해요. 실명이 아닌 이름으로 하는 거래는 인정하지 않지요. 실명과 같은 말로 '본명'이 있고, 상대어로는 가짜(거짓 가, 假) 이름을 뜻하는 '가명'이 있어요.

사전
辭(말씀 사) 典(법 전)

모르는 단어는 **사전**에서 찾아봐.
서점에서 다양한 종류의 **사전**을 살펴보았어.

'말씀 사(辭)' 자와 '법 전(典)' 자가 합쳐진 **사전**은 어떤 영역 안에서 쓰이는 낱말을 일정한 순서대로 배치하고 그 말의 뜻과 의미를 풀어놓은 책이에요. 책을 읽다가 잘 모르는 단어가 나오면 사전을 찾아보는 것이 좋아요. 우리말인 국어에서 낱말의 뜻이나 문법이 궁금할 때에는 국어사전을 찾아보면 돼요. 여러 나라의 언어 사전 외에도 속담 사전, 동물 사전, 공룡 사전 등 다양한 종류의 사전이 있어요. 최근에는 디지털 형태의 전자사전으로도 많은 정보를 검색할 수 있지요.

사전
事(일 사) 前(앞 전)

대통령 선거에 앞서 **사전** 투표가 실시된다.
사전에 철저히 준비해야 해.

'사전'과 소리가 같지만, '일 사(事)' 자에 '앞 전(前)' 자가 더해진 **사전**은 어떤 일이 일어나기 전이나 그 일을 시작하기 전의 상태를 뜻해요. '사고를 사전에 예방하다.', '사전 조사를 하다.' 등으로 써요. '사전 투표'는 자신의 주소지를 떠나 있는 사람이 선거일 전에 주변에 있는 사전 투표소에서 미리 투표하게 하는 제도이지요. 사전의 상대어로 일이 끝난 뒤(뒤 후, 後)를 뜻하는 '사후'가 있어요.

소리가 같은 말을 잘 들어 봐!

으~, 이번 고전 문학 시험에 고전을 면치 못했어.

그러게 평소에 고전을 많이 읽어 두었어야지.

고전
苦(괴로울 고) 戰(싸움 전)

영국은 프랑스와의 전쟁에서 **고전** 끝에 승리했다.
대회에서 막강한 상대를 만나 **고전** 중이다.

'괴로울 고(苦)' 자와 '싸움 전(戰)' 자가 합쳐진 **고전**은 죽을힘을 다할 정도로 힘들게 싸우는 것을 일컫는 낱말이에요. 전쟁이나 운동 경기에서 상대방에게 밀려 힘든 경쟁을 펼치고 있는 상황에서 자주 쓰지요. 일을 하면서 성과가 좋지 못할 때나 시험 결과가 좋지 않을 때에도 쓸 수 있어요. 예를 들어, '우리 회사는 판매에 고전을 겪고 있다.'처럼 써요. 비슷한말로 어렵고 힘든 싸움(싸울 투, 鬪)을 뜻하는 '고투'와 어려움(어려울 난/란, 難)을 무릅쓰고 싸우는 '난전'이 있어요.

고전
古(예 고) 典(법 전)

나는 **고전** 문학보다 창작 동화를 즐겨 읽는다.
셰익스피어의 **고전**이 어디에 꽂혀 있지?

'예 고(古)' 자와 '법 전(典)' 자가 합쳐진 **고전**은 오랜 세월 동안 널리 읽힌 문학 작품이나 예술 작품을 뜻해요. 시대와 장소를 뛰어넘어 사람들에게 모범이 될 만한 작품이 고전으로 평가받지요. 영국의 극작가 셰익스피어가 남긴 문학 작품들은 400여 년이 지난 오늘날까지도 사람들에게 큰 감동을 주어서 고전으로 꼽혀요. 한편 고전은 옛날의 서적이나 작품을 뜻하기도 해서, '고전 소설'은 19세기 이전에 창작된 소설을 일컬어요.

장관
壯(씩씩할 장) 觀(볼 관)

> 제주도 주상 절리는 정말 **장관**이다.
> 그의 술주정하는 모습이 참 **장관**이다.

장관은 '씩씩할 장(壯)' 자에 '볼 관(觀)' 자가 합쳐진 낱말로, 굉장하고 훌륭해서 볼 만한 자연의 모습을 뜻해요. 예를 들어 '바다에서 보는 일출이 장관이다.'처럼 쓸 수 있지요. 한편 장관은 구경거리가 될 만하다는 뜻으로, 남의 행동을 얕잡아 이를 때도 써서 '술주정하는 모습이 참 장관이다.'처럼 말하기도 해요. 비슷한말로 '가관'이 있어요.

장관
長(긴 장) 官(벼슬 관)

> 행정 안전부 **장관**이 사고 현장에 도착했다.
> 대통령과 **장관**이 만나서 악수를 하고 있다.

'긴 장(長)' 자에 '벼슬 관(官)' 자가 합쳐진 **장관**은 나라의 일을 맡아 처리하는 행정 각 부의 가장 높은 위치에 있는 사람을 뜻해요. 우리나라에는 외교부, 법무부, 교육부, 국방부 등이 있는데, 각 부의 장관은 해당 부서를 총지휘하고 감독하지요. 장관은 대통령이 임명하고, 헌법과 법률이 정하는 바에 따라 행정 사무를 처리하는 공무원이에요. 조선 시대에는 중앙 관청에 해당하는 육조의 으뜸 벼슬을 '판서' 라고 했지요.

1 밑줄 친 낱말을 다른 뜻으로 말하고 있는 친구는 누구일까요? (　　　)

① 저 사람 **실명**이 뭐야?

② 심청이 아버지는 **실명**해서 앞을 보지 못했대.

③ 내 친구는 **실명**보다 별명이 더 잘 알려져 있어.

④ 인터넷 실명제는 **실명**을 밝히고 게시판에 글을 쓸 수 있게 한 제도야.

2 '사전'이 같은 뜻으로 사용된 문장끼리 선으로 이어 보세요.

① 내 **사전**에 포기란 없다. ・　　　・ 단어 뜻을 잘 모를 때는 **사전**을 찾아보면 돼.

② 소방 시설 점검으로 사고를 **사전**에 막을 수 있었다. ・　　　・ 그 일은 **사전**에 미리 계획된 것이다.

3 다음 그림을 보고, 빈칸에 들어갈 낱말을 찾아 번호를 써 보세요.

그는 부상으로 인해 경기에서 ☐ 했다.

셰익스피어의 작품은 ☐ 으로 평가받는다.

① 고전(古典)　　② 고전(苦戰)　　③ 사전(事典)　　④ 사전(辭典)

4 친구들의 말을 읽고, 밑줄 친 낱말의 뜻을 찾아 번호를 써 보세요.

대통령은 그를 교육부 **장관**에 임명했어.

볼리비아의 우유니 소금 사막 풍경은 참으로 **장관**이야.

둘이 소리지르며 싸우는 모습이 참 **장관**이네.

① 우스꽝스러운 겉모습이나 상태

② 행정 각 부의 우두머리

③ 빼어나고 훌륭한 경치

4주 3일
학습 끝!

붙임 딱지 붙여요.

5 다음 밑줄 친 '고전'의 뜻이 보기와 다른 하나는 무엇인가요? (   )

오늘은 우리 ① **고전** 소설 가운데 〈심청전〉에 대해 이야기해 볼까요? 심학규는 양반으로 태어나 ② **고전**을 열심히 읽으며 과거 시험에 합격했지만, 안타깝게도 실명을 하게 됐어요. 부인마저 일찍 세상을 떠나서 젖먹이 딸을 혼자 키웠는데, 동냥젖을 구걸하며 다니는 등 ③ **고전**을 면하지 못하는 생활을 했어요. 어렵게 키운 딸 심청은 효성이 지극해서 아버지가 좋아하는 ④ **고전**을 밤새 읽어드리기도 했대요.

보기 오랜 세월 동안 널리 읽힌 훌륭한 문학이나 예술 작품

헷갈리는 말 살피기

공략
攻(칠 공) 略(간략할 략/약)

> 적군이 성을 **공략**했다.
> 상대편의 허점을 **공략**해야 이길 수 있어.

공략과 공약은 서로 발음이 비슷해서 헷갈리기 쉬운 낱말이에요. 그중에서 **공략**은 전쟁이나 경기에서 상대를 공격해서 영토 등을 빼앗는 것을 뜻해요. 또는 '해외 시장 공략', '표심 공략'처럼 적극적인 자세로 어떤 영역을 차지하거나, 어떤 사람을 자기편으로 만드는 것을 비유적으로 이를 때도 '공략'을 사용해요.

공약
公(공평할 공) 約(맺을 약)

> 내가 반장이 되면 **공약**을 꼭 지킬 거야.
> 그는 실현하기 어려운 **공약**을 내세웠다.

공약은 선거에 나선 사람이 내세우는 약속이에요. 어떤 집단에서 대표자를 가려서 뽑는 것을 '선거'라고 하는데, 선거에 나선 사람은 자신이 당선되면 어떤 일을 실천할 것을 유권자들에게 약속해요. 이를 공공의 사람들에게 알린 약속이라서 '공약'이라고 해요. '공약 발표', '대선 후보의 선거 공약'처럼 쓰지요. 상대어로 개인끼리 약속을 뜻하는 '사약'이 있어요.

1 빈칸에 들어갈 낱말이 순서대로 짝 지어진 것을 골라 보세요. (   )

여기는 표를 가진 유권자들의 마음을 ☐하기 위한 선거 운동 현장입니다.

후보들이 많은 것을 약속하고 있는데요, 표를 얻기 위해서 ☐을 마구 쏟아 내면 안 되겠습니다.

① 공약 – 공약
② 공략 – 공약
③ 공약 – 공략
④ 공략 – 공략

2 다음 밑줄 친 낱말의 뜻을 찾아 선을 이어 보세요.

꼭 지킬 수 있는 **공약**을 세워야 해.   •

중국 자동차 시장 **공략**에 나섰다.   •

•   전쟁이나 경기에서 상대편을 공격해 빼앗는 것

•   선거에 나선 사람이 내세우는 약속

3 다음 문장의 빈칸에 공통으로 들어갈 낱말을 찾아 ○ 하세요.

대통령 후보가 교육 정책 ☐으로 무상 급식 확대 ☐을 발표했다. 선거 ☐은 국민과의 약속이므로 대통령으로 당선되면, 꼭 무상 급식이 확대되기를 기대해 본다.

공략   공약

시간

時(때 시) 間(사이 간)

그곳은 세 **시간**이 넘게 걸리는 거리야.
너는 쉬는 **시간**에 주로 뭐 하니?

어떤 때에서 어떤 때까지의 동안을 **시간**이라고 해요. 보통 하루는 스물넷으로 나누어 한 시간, 두 시간 이렇게 시간을 세지요. 어떤 일을 할 틈이나 여유도 '시간'이라고 해서, '잠 잘 시간도 없이 바쁘다'처럼 써요. 또 어떤 일을 하기로 정해 놓은 때도 '시간'을 붙여 말해요. 예를 들면 '쉬는 시간'이라고 하면 '쉬기로 정해 놓은 시간'이고, '점심시간'이라고 하면 '점심을 먹기로 정해 놓은 시간'이에요.

시각

時(때 시) 刻(새길 각)

지금 **시각**은 3시 30분입니다.
해 뜨는 **시각**은 언제인가요?

시각은 어느 한 때를 말해요. 그래서 '지금 시각은 1시 30분이야.'처럼 지금이 몇 시 몇 분인지 묻거나 답할 때는 시간이 아니라 시각을 써요. 하지만 요즘에는 시각과 시간을 함께 사용하는 일이 많아서 두 낱말을 혼용해서 쓰기도 하지요. 한편 시각은 짧은 시간을 의미하기도 해서, '시각을 다투다.'는 매우 급한 것을 말해요.

1 밑줄 친 '시간'과 같은 낱말을 써야 할 친구는 누구일까요? (   )

'순식간'은 눈을 한 번 깜빡하고 숨을 한 번 쉴 사이의 아주 짧은 **시간**을 말해.

① 오후 12시부터 1시까지 점심 ☐ 이야.

② 학교에 도착한 ☐ 은 9시 정각이었어.

2 빈칸에 들어갈 낱말을 찾아 번호를 써 보세요.

수민이를 만나는 (   )이 언제야?

5시 10분에 교문 앞에서 만나기로 했어.

그럼 아직 (   )이 많이 남았네. 떡볶이 먹고 가자!

① 시각   ② 시간

3 다음 밑줄 친 낱말의 뜻풀이 찾아 선으로 이어 보세요.

| **시간**은 금이다. | • | • | 어떤 때에서 어떤 때가 이어지는 동안 |
| 여름과 겨울은 해 뜨는 **시각**이 다르다. | • | • | 어느 한 때 |

곤혹
困(곤할 곤) 惑(미혹할 혹)

거짓말이 들통나자 곤혹스러운 표정을 지었다.
선생님의 예상치 못한 질문에 곤혹을 느꼈다.

'곤혹'과 '곤욕'은 발음과 뜻이 비슷해서 헷갈리기 쉬운 낱말이에요. **곤혹**은 괴롭거나 곤란한 일을 당해서 어찌할 바를 모르는 거예요. 예를 들어 '갑작스러운 질문에 곤혹을 느꼈다.', '입맛에 맞지 않는 음식을 먹는 게 곤혹스럽다.'처럼 쓰여요. 주로 곤란한 일을 당했을 때 느끼는 감정을 나타내지요.

곤욕
困(곤할 곤) 辱(욕될 욕)

그는 엉뚱한 소문 때문에 곤욕을 치렀다.
지루한 시간을 참는 것이 가장 큰 곤욕이었다.

곤욕은 참기 힘들 정도로 창피하고 괴로운 일을 당하거나 심한 모욕을 뜻해요. 주로 자신의 잘못보다는 상대의 행동으로 인해 모욕이나 괴로운 일을 당하는 것을 나타내요. 예를 들어 '곤욕을 치르다.', '곤욕을 겪다.', '곤욕을 당하다.'처럼 쓰지요. 비슷한말로 뜻밖의 변이나 망신스러운 일을 당하는 것을 뜻하는 '봉변'이 있어요.

1 다음 밑줄 친 낱말의 뜻을 바르게 이야기하는 친구를 찾아 선으로 이어 보세요.

① 그의 예상치 못한
돌발 행동으로 그의 부모님이
곤혹스러워하고 있다.

•

•

심한 모욕이나
참기 힘든 일을 말해요.

② 일제 강점기 때
애국지사들은 일제에
붙잡히면 **곤욕**을 치렀다.

•

•

곤란한 일을 당해
어찌할 바를 모르는 것을
말해요.

2 빈칸에 공통으로 들어갈 낱말을 찾아 ○ 하세요.

① 그가 헛소문 때문에 ☐ 을 치렀다는 소식을 들었다.

② 구멍 난 양말을 신고 학교에 갔다가 친구들이 놀려서 ☐ 을 겪었다.

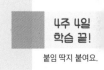

4주 4일
학습 끝!

붙임 딱지 붙여요.

곤혹   곤욕

3 다음 대화에서 잘못 쓰인 낱말을 찾아 바르게 고쳐 써 보세요.

☐ ➡ ☐

135

앞뒤에 붙는 말 알아보기

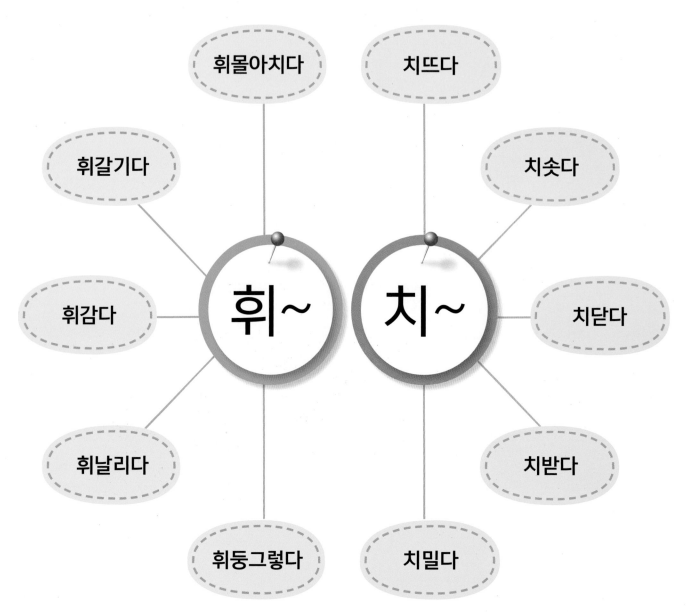

1 그림을 보고, ( ) 안에서 알맞은 낱말을 골라 ○ 하세요.

① 놀란 토끼의 눈이 (**휘둥그렇다** / **휘갈기다**).

② 엄마의 화가 (**치솟다** / **휘감다**).

③ 바람에 태극기가 (**치밀다** / **휘날리다**).

④  눈보라가 거세게 (**휘몰아치다** / **치뜨다**).

⑤  마부가 말에게 채찍을 (**휘갈기다** / **휘둥그렇다**).

⑥  코뿔소가 서로 (**치닫다** / **치솟다**).

2 각 낱말의 뜻풀이를 찾아 선으로 이어 보세요.

치솟다 •	• 고개를 들지 않고 눈만 위로 뜨는 모습
휘감다 •	• 아래에서 위로 힘차게 솟구치는 것
치뜨다 •	• 무엇을 친친 둘러 감는 것
치닫다 •	• 위쪽으로 빠르게 달리는 모습

휘몰아치다
휘+몰아치다

'휘~'는 어떤 낱말 앞에 붙어서 '마구', 또는 '매우 심하게'라는 뜻을 더해요. 한꺼번에 세게 닥치는 것을 뜻하는 '몰아치다' 앞에 '휘~'가 붙은 **휘몰아치다**는 비바람이나 눈 등이 매우 심하게 한곳으로 부는 것을 뜻해요.

휘갈기다
휘+갈기다

'갈기다'는 힘차게 때리거나 치는 것을 뜻해요. 여기에 '휘~'가 붙은 **휘갈기다**는 마구 때리는 것을 일컫지요. 또 휘갈기다는 붓을 휘둘러서 글씨를 마구 쓰는 것을 뜻하기도 해요.

휘감다
휘+감다

무엇을 친친 둘러 감는 것을 **휘감다**라고 해요. 어떤 것으로 다른 것에 둘둘 말거나 빙 두르는 것을 '감다'라고 하는데 여기에 '휘~'가 붙어서 뜻을 더욱 강조하고 있어요.

휘날리다
휘+날리다

깃발, 옷자락, 머리카락들이 바람을 받아 마구 나부끼는 모습을 **휘날리다**라고 해요. 누군가가 이름을 널리 떨치는 모습을 표현할 때도 '휘날리다'라고 하지요.

휘둥그렇다
휘+둥그렇다

휘둥그렇다는 몹시 놀라거나 두려워서 크고 둥그렇게 뜬 눈의 모습을 표현하는 낱말이에요. 주로 놀란 모습을 표현할 때 써요.

치뜨다
치+뜨다

'치~'는 움직임을 나타내는 낱말 앞에 붙어서 '위쪽으로'라는 뜻을 더해요. **치뜨다**는 감았던 눈을 벌리는 '뜨다' 앞에 '치~'가 붙은 낱말로, 눈을 위쪽으로 뜨는 것을 가리켜요.

치솟다
치+솟다

치솟다는 아래에서 위로 힘차게 솟는 것을 뜻해요. '파도가 치솟아 마을을 덮쳤다.'처럼 써요. 또 감정이나 생각, 힘 등이 복받쳐 오르는 것을 뜻하기도 해서, '화가 머리끝까지 치솟다.'처럼 쓰기도 해요.

치닫다
휘+몰아치다

빨리 뛰는 것을 뜻하는 '닫다' 앞에 '치~'가 붙은 **치닫다**는 위쪽으로 빠르게 달리는 거예요. '범인은 언덕 위로 치달았다.'처럼 쓰지요. 또 어떤 상황이 빠르게 바뀌는 것을 뜻하기도 해요.

치받다
치+받다

아래에서 위쪽으로 받는 모양을 **치받다**라고 해요. 또 무엇인가를 세차게 들이받는 모습을 뜻하기도 해요. '차가 서로 치받았다.'고 하면 서로 세게 부딪혔다는 뜻이지요.

치밀다
치+밀다

무언가 세게 솟아오르는 것을 **치밀다**라고 해요. 갑자기 불길이 일어나는 모습을 '불길이 확 치밀었다.'라고 할 수 있지요. 또, '갑자기 슬픔이 치밀었다.'처럼 감정, 생각 등이 마음속에 복받쳐 오르는 것도 '치밀다'라고 해요.

물가가 치솟으면 어떻게 될까?

어떤 것이 아래에서 위로 힘차게 솟구치는 모습을 '치솟다'라고 해요. 그런데 '물가가 치솟다.'라는 말을 들어 본 적이 있나요? 물가가 치솟으면 어떤 일이 일어날까요? 그럼 물가는 어떻게 정해지고, 물가가 오르거나 내려가면 어떤 현상이 나타나는지 알아보아요.

물가가 치솟는 인플레이션

물가는 여러 가지 물건의 값을 종합해 평균값을 낸 거예요. 물가가 오르면 같은 돈을 주고 살 수 있는 물건의 수가 줄기 때문에 사람들의 생활이 전보다 어려워지고, 가계나 기업은 물건이 점차 팔리지 않게 되지요. 이렇게 돈의 가치가 떨어지고, 물건값이 계속 오르는 현상을 '인플레이션'이라고 해요.

인플레이션과 반대로 물가가 계속 떨어지는 현상을 '디플레이션'이라고 해요. 물가가 떨어지면 기업의 이익이 줄어들어 생산 활동을 축소하고, 사람들을 고용하는 것도 줄이게 되지요. 이런 현상이 계속되면, 사람들은 일자리를 잃고 소비가 더욱 어려워져서, 기업의 생산 활동이 더 나빠지는 악순환을 거듭하게 돼요.

물가가 떨어지는 디플레이션

스태그플레이션

'스태그플레이션'은 경기가 좋아지지 않고 제자리인 것을 뜻하는 '스태그네이션'과 물가 상승을 뜻하는 '인플레이션'을 합친 말로, 경기가 좋아지지 않는데도 물가가 오르는 현상을 뜻해요. 소득은 줄어들고, 물가는 올라가서 국민들의 생활이 무척 힘들어져요.

1 **보기**의 밑줄 친 '**치**'와 다른 뜻으로 쓰인 것은 무엇일까요? ( )

> **보기**　　잠잠하던 불길이 갑자기 **치**솟아 올랐습니다.

① 잘못한 것이 없다는 듯 뻔뻔한 얼굴에 화가 **치**밀었다.

② 갑자기 눈을 **치**떠 나를 쳐다보았다.

③ 염소 두 마리가 서로 **치**받으며 싸움을 했다.

④ 치마가 **치**렁거려 불편하지 않아?

2 각 문장의 빈칸에 들어갈 낱말을 〈낱말표〉에서 찾아 ○ 하세요.

① 다리를 붕대로 □□□.

② 대상을 받아 전국에 이름을 □□□□.

③ 다람쥐가 나무 위로 □□□.

④ 깜짝 놀라서 눈이 □□□□□.

낱말표				
휘	갈	치	열	다
감	둥	닫	아	받
다	달	그	리	치
솟	받	몰	렁	닫
뜨	휘	날	리	다

3 그림을 보고, 빈칸에 들어갈 낱말을 찾아 번호를 써 보세요.

빵을 만들기 위해 반죽을 □.

흥미진진한 이야기로 마음을 □.

① 휘어잡다　　　　　　② 휘젓다

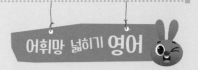

국기는 한 나라를 상징하는 깃발이에요.
세계 여러 나라의 국기 이름과 상징에 대해 알아볼까요?

미국의 국기는 Stars and Stripes(성조기)예요. '별과 줄'이라는 뜻이지요. 13개의 줄은 미국이 독립 선언을 한 당시에 가입한 연방주(State)를 뜻하고, 50개의 별은 2018년을 기준으로 미국 연방주의 수를 가리켜요.

〈미국 국기 Stars and Stripes〉

〈오스트레일리아 국기〉   〈영국 국기 Union Jack〉   〈뉴질랜드 국기〉

4주 5일
학습 끝!

붙임 딱지 붙여요.

영국 국기는 Union Jack(유니언 잭)이라고 불러요. 과거에 영국의 지배를 받았던 오스트레일리아, 뉴질랜드, 피지 등의 국기에는 모두 영국의 국기 유니언잭이 들어 있지요.

북유럽에 있는 스칸디나비아반도의 국가들은 모두 국기에 십자가 모양이 있어요. 이 십자가를 Nordic cross flag(노르딕 십자)라고 불러요. Nordic은 '북유럽의'라는 뜻으로, 북유럽에 정착한 바이킹 민족이 기독교를 믿기 때문에 십자가를 국기의 상징으로 사용하게 된 거랍니다.

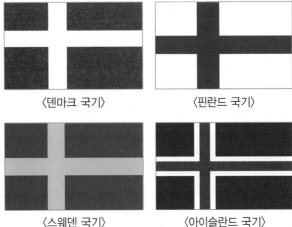

〈덴마크 국기〉   〈핀란드 국기〉

〈스웨덴 국기〉   〈아이슬란드 국기〉

QR 찍고 발음 듣기

4주

숨은 일을 캐내는 '미주알고주알'

자꾸 거짓말할래?

취조실

널 봤다는 사람이 있어!

탁

네가 아직 날 잘 모르는 모양인데!

곧 미주알고주알 다 말하게 될 거야!

네? 미주알고주알?

미주알은 항문에 닿아 있는 창자의 끝부분이야.

창자 끝까지 들여다보는 것처럼 아주 작은 것까지 속속들이 살피는 모양을 '미주알고주알'이라고 하지.

이런 설명 까지

미주알고주알: 아주 사소한 일까지 속속들이 살피는 모양을 나타내는 말이에요.

1주 13쪽 먼저 확인해 보기

1.

	⁰찬	반		²반	항
		감		핵	
³반	응				
칙			⁴반	성	문
			비		
	⁵위		례		
	⁶반	론			

1주 16쪽 속뜻 짐작 능력 테스트

1. ①

2.
(1) 자동차가 사거리에서 신호를 **1** 했다.
(2) 상대방의 의견에 너무 과민 **4** 을 보이지 마.
(3) 수업이 끝나고 **3** 을 쓰도록 하렴.
(4) 형한테 대들면서 **2** 을 하다가 엄마한테 혼났어.

3. 반비례   (반목)   반응   반사

'반목'은 서로 눈(눈 목, 目)도 마주치기 싫을(돌이킬 반, 反) 정도로 미워하거나 대립하는 것을 뜻해요.

1주 19쪽 먼저 확인해 보기

1.

2. 가상 현실
'가상 현실'은 실제가 아닌데도 마치 실제처럼 보이는 현실을 말해요.

1주 22쪽 속뜻 짐작 능력 테스트

1.
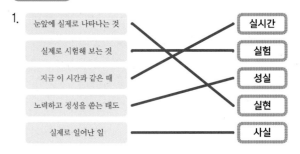

2. 실학

3. ②
'실행(열매 실 實, 다닐 행 行)'은 실제로 행하는 것을 뜻해요. 생각한 것을 실제로 옮기는 '실천'과 비슷한 뜻을 가진 낱말이지요.

1주 25쪽 먼저 확인해 보기

1.

낱말표				
유식	**무식**	구식	이식	**의식**
식별	편식	**지식**	소식	**무의식**
주식	개기일식	부식	가식	연식
일식	**일면식**	**상식**	**감식**	**박학다식**
조식	미식	의식	형식	**학식**

정답은 ① 무의식, ② 감식, ③ 일면식, ④ 학식, ⑤ 지식, ⑥ 상식, ⑦ 무식, ⑧ 박학다식, ⑨ 식별, ⑩ 인식이에요.

1주 28쪽 속뜻 짐작 능력 테스트

1.

2.

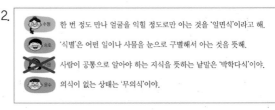

3. ④

'배경지식'은 이미 알고 있는 지식이나 경험을 뜻해요. 다양한 분야의 책을 읽으면 배경지식을 쌓을 수 있지요.

1주 31쪽 먼저 확인해 보기

1.

1주 34쪽 속뜻 짐작 능력 테스트

1.
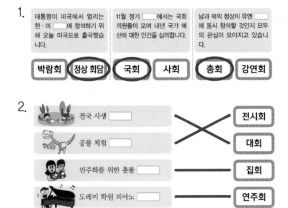

3. 반상회

'반상회'는 정부 행정 조직의 가장 아래 단계인 '반(나눌 반, 班)'의 모임(모일 회, 會)인데, 각 세대(집)의 대표가 참석해요.

1주 37쪽 먼저 확인해 보기

1.

① 감기 때문에 열이 많이 나서 [해][열][제]를 먹었다.

② 나는 건강해지기 위해서 [열][심]히 운동했다.

③ 한여름에는 밤에도 더운 [열][대][야] 현상이 나타난다.

④ 요즘 초등학생들 사이에서 독서 [열][풍]이 불고 있다.

⑤ 식기를 끓는 물로 [가][열]하여 소독했다.

⑥ [태][양][열] 주택은 태양 에너지를 모아서 난방을 한다.

⑦ 과자는 [열][량]이 높아서 많이 먹으면 살이 찔 수 있다.

⑧ '배움의 민족'으로 일컬어지는 유대인의 [교][육][열]은 남달랐다.

⑨ 축구 시합에서 선수들의 경쟁이 [과][열]되어 반칙이 많았다.

⑩ 어떤 꿈이든 [열][정]을 가지고 노력하면 이룰 수 있다.

1주 40쪽 속뜻 짐작 능력 테스트

1. ④

'열정'은 어떤 일에 애정을 가지고 열심히 하는 마음을 뜻해요.

2.

3. ①

'이열치열(써 이 以, 더울 열 熱, 다스릴 치 治, 더울 열 熱)'은 열은 열로써 다스린다는 뜻이에요. 더울 때는 뜨거운 것으로, 추위는 찬 것으로 대응하는 것처럼 힘을 힘으로 물리친다는 것을 비유하는 말이랍니다.

2주 45쪽 먼저 확인해 보기

1.

| 어떤 사업을
벌이는 장소 | 죄를 확정한
사람을 가두고
지도하는 곳 | 몸의
중요한 곳 | 가지고 있는
물건 | 사람들 입에
오르내리는
말 | 동네에 있는
작은 경찰서 |

> 우리 ⬚에서는 어린이 경찰 체험을 할 수 있어요.
> 재판이 끝났으니 ⬚(으)로 가시죠.
> 여행 가기 전에 ⬚은/는 한 귀로 듣고 한 귀로 흘려야 해.
> ⬚은/는 숙박 ⬚을/를 예약하자.
> 지금부터 ⬚ 검사를 하겠다.
> ⬚을/를 공격하면 목숨을 잃을 수도 있어.

| 파출소 | 교도소 | 업소 | 소문 | 소지품 | 급소 |

2.

전기를 만들어 내는 곳		소원
일을 해서 얻은 것		소득
원하는 것		발전소

2주 48쪽 속뜻 짐작 능력 테스트

1. ① 소문   ② 급소   ③ 소원
   ④ 소득   ⑤ 소지   ⑥ 소유

2. 교도소   발전소   업소   파출소

3. ③
영화관에서 영화를 보기 위해 필요한 표(표/쪽지 표, 票)를 파는(팔 매, 賣) 곳을 '매표소'라고 해요.

2주 51쪽 먼저 확인해 보기

1.
○월 ○○일 날씨: 맑음

내일은 축구 대회가 열린다. 나는 공격수가 아닌 수 비 를 주로 하는 센터 백이다. 정식 선수는 아니고 예 비 로 뽑아 놓은 후보 선수지만, 미리미리 준 비 를 잘해야 한다. 그래서 오늘은 공이랑 축구화 같은 운동 장 비 를 잘 닦고 살피며 정 비 를 했다. 내일 대회에서 꼭 이기고 싶다. 이를 악 물고 열심히 뛸 거다. 넘어져도 괜찮다. 경기장에는 항상 비 치 된 상 비 약 이 있으니까. 벌써부터 기대된다. 우리 팀을 응원하는 사람들의 함성 이 들리는 것 같다. 파이팅!

2.

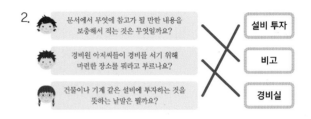

> 문서에서 무엇에 참고가 될 만한 내용을 보충해서 적는 것은 무엇일까요?
> 경비원 아저씨들이 경비를 서기 위해 마련한 장소를 뭐라고 부르나요?
> 건물이나 기계 같은 설비에 투자하는 것을 뜻하는 낱말은 뭘까요?

| 설비 투자 |
| 비고 |
| 경비실 |

2주 54쪽 속뜻 짐작 능력 테스트

1. 예비
'예비'는 미리(미리 예, 豫) 마련해서 갖추어 둔다(갖출 비, 備)'는 뜻이에요. 초등학교 입학식을 앞두었다면 예비 초등학생이지요.

2.

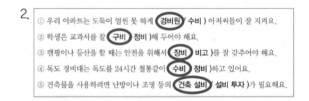

① 우리 아파트는 도둑이 얼씬 못 하게 (**경비원** 수비) 아저씨들이 잘 지켜요.
② 학생은 교과서를 잘 (**구비** 정비)해 두어야 해요.
③ 캠핑이나 등산을 할 때는 안전을 위해서 (**장비** 비고)를 잘 갖추어야 해요.
④ 독도 경비대는 독도를 24시간 철통같이 (**수비** 정비)하고 있어요.
⑤ 건축물을 사용하려면 난방이나 조명 등의 (**건축 설비** 설비 투자)가 필요해요.

3.

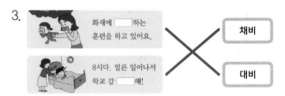

| 화재에 ⬚하는 훈련을 하고 있어요. | | 채비 |
| 8시다, 일른 일어나서 학교 갈 ⬚해! | | 대비 |

2주 57쪽 먼저 확인해 보기

1.

동	가	양	호
기	호	식	품	기
애	의	회	심

정답은 ① 애호가, ② 호의, ③ 호기심, ④ 양호, ⑤ 기호 식품, ⑥ 동호회예요.

2.

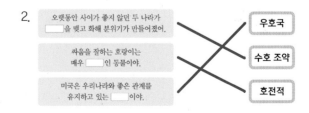

오랫동안 사이가 좋지 않던 두 나라가 ⬚을 맺고 화해 분위기가 만들어졌어.		우호국
싸움을 잘하는 호랑이는 매우 ⬚인 동물이야.		수호 조약
미국은 우리나라와 좋은 관계를 유지하고 있는 ⬚이야.		호전적

2주 60쪽 속뜻 짐작 능력 테스트

1. ②

2.
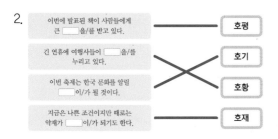

이번에 발표된 책이 사람들에게 큰 □을/를 받고 있다. —— 호평

긴 연휴에 여행사들이 □을/를 누리고 있다. —— 호기

이번 축제는 한국 문화를 알릴 □이/가 될 것이다. —— 호황

지금은 나쁜 조건이지만 때로는 악재가 □이/가 되기도 한다. —— 호재

3. 호감

'호감'은 좋게(좋을 호, 好) 느끼는(느낄 감, 感) 감정을 뜻해요.

2주 63쪽 먼저 확인해 보기

1.

'몸 체(體)' 자와 '이어 맬 계(系)' 자로 이루어진 '체계'는 여러 부분들이 서로 연결되어 조직한 전체라는 뜻이에요. '무엇이 체계적이다', '체계가 잡혔다', '체계를 세우다' 등으로 쓰여요.

2주 66쪽 속뜻 짐작 능력 테스트

1.

어떤 공간에서 살아가는 모든 생물과 환경을 뜻해.
생 태 계

은하를 이루는 천체 집단을 일컫는 낱말이야.
은 하 계

태양을 중심으로 돌고 있는 행성, 위성, 인공위성 등을 말해.
태 양 계

2.

동준이는 □ 유전 같아. 어머니를 많이 닮았어. —— 북방계

□ 아시아인으로는 한국인, 몽골인 등이 있어. —— 모계

이번에 발견된 바이러스는 기존과는 다른 □(으)로 밝혀졌어. —— 계통

'계통(이어 맬 계 系, 거느릴 통 通)'은 일정한 차례에 따라 이어져 있는 것을 말해요. 따라서 일정한 체계에 따라 서로 관련되어 있는 것을 표현할 때 '계통'이라는 낱말을 써요.

3.

S 대학교는 올해부터 (자연계 · 인문계) 학생만 지원할 수 있었던 치의학과에 자연계와 인문계 학생 모두 지원할 수 있다고 발표했습니다.

'자연계(스스로 자 自, 그러할 연 然, 이어 맬 계 系)'는 의학, 치의학 등 자연 현상을 실생활에 활용하는 학문 계통이에요. 이 밖에도 수학, 물리학, 생물학 등이 자연계 학문에 속해요.

2주 69쪽 먼저 확인해 보기

1.

출발 ➡

① 속	설	② 민	속	③ 비	④ 속

도착

⑨ 풍 / 인 / 속 / ⑧ 무 속 양 풍 ⑦ 미 어 / ⑥ 속 / 통 / 담

① 예로부터 세간에 전해 내려오는 설명이나 의견
② 백성들의 풍속
③ 수준이 낮고 상스러운 것
④ 옛날부터 전해오는 교훈이나 풍자가 담긴 말
⑤ 세상에 널리 통하는 일반적인 풍속
⑥ 예절에 맞지 않는 질이 낮은 말
⑦ 아름답고 좋은 풍속
⑧ 귀신을 섬기고 굿을 하는 사람
⑨ 오래전부터 전해져 내려오는 생활 습관

2주 72쪽 속뜻 짐작 능력 테스트

1.

친구야. 이건 비밀인데, 너만 알고 있어!

넌 '낮말은 새가 듣고 밤말은 쥐가 듣는다'는 □도 모르니?

속담

누나, 밤에 라면 먹으면 얼굴 붓는대! 나랑 나눠 먹자!

그런 □은/는 안 믿어. 내가 다 먹을 거야!

속설

2.
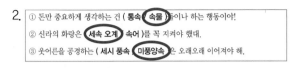

3. ①
'민속놀이'는 예로부터 백성들 사이에 전해 내려오는 놀이로, 각 지방의 생활과 풍속이 잘 나타나 있어요. 줄다리기, 제기차기, 씨름, 윷놀이, 비석치기 등이 있지요.

3주 79쪽 먼저 확인해 보기

1.

3주 82쪽 속뜻 짐작 능력 테스트

1.
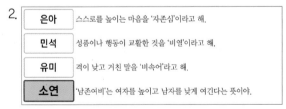

2.

은아	스스로를 높이는 마음을 '자존심'이라고 해.
민석	성품이나 행동이 교활한 것을 '비열'이라고 해.
유미	격이 낮고 거친 말을 '비속어'라고 해.
소연	'남존여비'는 여자를 높이고 남자를 낮게 여긴다는 뜻이야.

'남존여비'는 남자(사내 남, 男)를 높이고(높을 존, 尊) 여자(여자 녀/여 女)를 낮게(낮을 비, 卑) 여긴다는 뜻이에요.

3. ①
'비천'은 바보 온달의 신분처럼 낮고(낮을 비, 卑) 천한(천할 천, 賤) 것을 뜻해요. 비천의 상대어는 높고(높을 고, 高) 귀하다(귀할 귀, 貴)는 뜻의 '고귀'이지요.

3주 85쪽 먼저 확인해 보기

1.
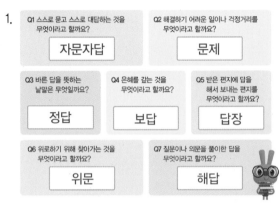

2.
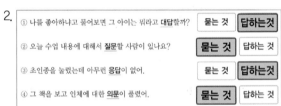

3주 88쪽 속뜻 짐작 능력 테스트

1. ②

2.
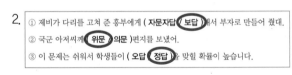

3.

'묵묵부답'은 잠자코 있으면서(잠잠할 묵, 黙) 아무 대답(대답 답, 答)도 하지 않는(아니 불/부, 不) 것을 뜻해요.

1.

1. ① 〈흥부와 놀부〉 같은 전래 동화의 ((주제) / 주연)은/는 대부분 착한 일을 권하고 악한 일은 벌하는 권선징악이다.

② 어떤 일에 대한 생각이나 의견을 뜻하는 ((주의) / 주관)이/가 어떤 낱말 뒤에 붙으면 그 내용을 바탕으로 하는 주장이나 흐름을 뜻한다.

2.

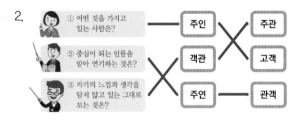

① 어떤 것을 가지고 있는 사람은? ── 주인   주관

② 중심이 되는 인물을 맡아 연기하는 것은?   객관   고객

③ 자기의 느낌과 생각을 담지 않고 있는 그대로 보는 것은? ── 주연   관객

3. ①

'손님 객(客)' 자와 '인원 원(員)' 자가 합쳐진 '객원'은 어떤 단체의 구성원은 아니지만 손님 대우를 받으면서 일을 보아주며 활동에 참여하는 사람이에요.

1. ① 물체를 만드는 재료를 ☐이라고 해요.   용질   (물질)

② 물질이 모여 형태를 이룬 물건을 ☐라고 해요.   (물체)   용매

③ 책은 ☐로 이루어진 물체예요.   유리   (종이)

④ 물질에는 고유한 ☐이 있어 물체의 쓰임새와 연결돼요.   용질   (성질)

⑤ 물체에 힘을 가했을 때 원래대로 돌아가려는 성질을 ☐이라고 해요.   물질   (탄성)

⑥ 물질은 고체, 액체, 기체 세 가지 ☐로 존재해요.   (상태)   종류

⑦ ☐는 공기나 연기처럼 정해진 모양이 없는 물질이에요.   (기체)   액체

⑧ 한 가지 물질로만 이루어진 것을 ☐이라고 해요.   혼합물   (순물질)

⑨ 쓰임새, 모양, 색깔, 크기 등 여러 가지 기준에 따라 나누는 것을 물체의 ☐라고 해요.   (분류)   분리

⑩ 두 가지 이상의 물질이 섞인 혼합물에서 각각의 물질을 나누는 것을 ☐라고 해요.   분류   (분리)

1. 공기는 산소와 질소 등의 물질을 포함하고 있어요. 이렇게 두 가지 이상의 물질이 섞여 있으면서 각각의 물질들이 그 성질을 잃어버리지 않은 것을 혼합물 이라고 해요.

공기의 구성 물질

2. (성질)   종류   상태

3. ②

'융해'는 녹아서(녹을/화할 융, 融) 풀어지는(풀 해, 解) 것으로, 고체에 열을 가하면 녹아서 액체로 변하는데 이를 융해라고 해요. '기화'는 액체가 기체(기운 기, 氣)로 변하는(될/변화할 화, 化) 것을 뜻해요.

3주 103쪽 먼저 확인해 보기

1. ① 공 영 방 송 ② 편 집 ③ 시 청 률

2. **시청자** 출연진 제작진

방송을 보고(볼 시, 視), 듣는(들을 청, 聽) 사람(사람 자, 者)을 '시청자'라고 해요.

3주 106쪽 속뜻 짐작 능력 테스트

1. ① 방송국에서 프로그램을 만드는 사람들은 (출연진, 제작진)이에요.

② 방송사에서 인공위성으로 전파를 보낸 다음 다시 시청자에게 보내는 방송은 (위성 방송, 케이블 방송)이에요.

③ 민간인이 운영하는 방송을 (공영 방송, 민영 방송)이라고 해요.

④ 전파를 통해서 영상을 내보내는 것을 (제작, 방영)이라고 해요.

2.
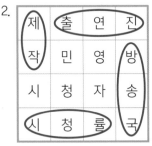

정답은 ① 방송국, ② 출연진, ③ 제작, ④ 시청률이 에요.

3. ②
'1인 방송'은 방송국을 통해서 전파를 내보내는 기존 의 방식이 아닌, 온라인을 통해 개인이 직접 방송을 제작하는 거예요.

4주 113쪽 먼저 확인해 보기

1.
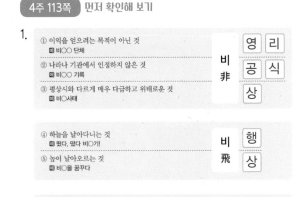

4주 116쪽 속뜻 짐작 능력 테스트

1.

2. 비
'용이 날아 하늘을 다스리는 노래'라는 뜻인 '용비어 천가'는 조선을 세우는 데 이바지한 사람들의 업적 을 칭찬하는 내용이 담겨 있어요.

3. ①
'비상금'은 긴급한 일에 쓰기 위해 마련해 놓은 돈 을, '비상구'는 갑작스러운 사고가 일어날 때 대피 하는 출입구를, '비상사태'는 위급한 상황을 뜻해요. 세 낱말에 공통으로 들어가는 '비상(아닐 비 非, 항 상 상 常)'은 평상시와 다르게 특별하다는 뜻을 나 타내지요.

1.

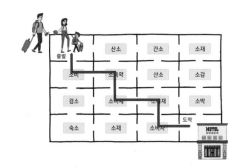

2.

1.

2. 소비재
'소비재'는 우리가 생활하는 데 쓰는 물건을 말해요. 식료품이나 가구, 의류, 주택 등이 해당돼요.

3. ①
'소질(횔/본디 소 素, 바탕 질 質)'은 본디부터 가지고 있는 성질이에요. 어떤 것을 만드는 데 쓰이는 재료를 뜻하는 '소재(횔/본디 소 素, 재목 재 材)'에도 '소(素)'자가 쓰였어요.

1. ②
②의 '실명(失明)'은 시력을 잃어 앞을 볼 수 없게 된 것을 뜻하고, ①, ③, ④의 '실명(實名)'은 실제의 이름을 뜻해요.

2.

3.

4.

5. ③
③의 '고전(苦戰)'은 죽을힘을 다해서 힘들게 싸우는 것을 뜻하고, ①, ②, ④의 '고전(古典)'은 오랜 세월 동안 널리 읽힌 훌륭한 문학 작품이나 예술 작품을 뜻해요.

1. ②

2.

3.

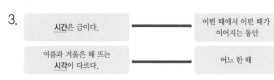

'공약'은 선거에 나선 사람이 유권자에게 내세우는 약속(맺을 약, 約)을 뜻해요. '공략'은 상대를 공격(칠 공, 攻)해 영토 등을 빼앗는 것이지요.

1. ①

2.

3.

151

4주 135쪽 속뜻 짐작 능력 테스트

1.
① 그의 예상치 못한 돌발 행동으로 그의 부모님이 **곤혹**스러워하고 있다.

② 일제 강점기 때 애국지사들은 일제에 붙잡히면 **곤욕**을 치렀다.

심한 모욕이나 참기 힘든 일을 말해요.

곤란한 일을 당해 어찌할 바를 모르는 것을 말해요.

2. 곤혹 ⟶ (곤욕)

3. 곤욕스러웠겠다 ➡ 곤혹스러웠겠다

민호는 여행을 하다가 곤란한 일을 당해서 어찌할 바를 몰랐던 경험을 말하고 있어요. 이럴 때는 '곤욕스럽다'보다 '곤혹스럽다'고 하는 게 맞는 표현이에요. '곤욕'은 참기 힘든 괴로운 일이나 심한 모욕을 뜻하지요.

4주 137쪽 먼저 확인해 보기

1.
① 놀란 토끼의 눈이 (**휘둥그렇다** / 휘갈기다).
② 엄마의 화가 (**치솟다** / 휘감다).
③ 바람에 태극기가 (치밀다 / **휘날리다**).
④ 눈보라가 거세게 (**휘몰아치다** / 치뜨다).
⑤ 마부가 말에게 채찍을 (**휘갈기다** / 휘둥그렇다).
⑥ 코뿔소가 서로 (**치닫다** / 치솟다).

2.
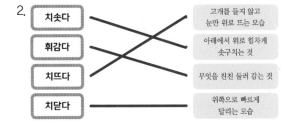
치솟다 — 아래에서 위로 힘차게 솟구치는 것
휘감다 — 고개를 들지 않고 눈만 위로 뜨는 모습
치뜨다 — 위쪽으로 빠르게 달리는 모습
치닫다 — 무엇을 친친 둘러 감는 것

4주 140쪽 속뜻 짐작 능력 테스트

1. ④

2.
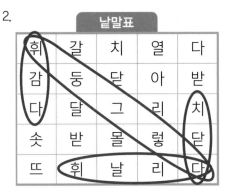
낱말표

휘	갈	치	열	다
감	둥	달	아	받
다	달	그	리	치
솟	받	몰	렁	닫
뜨	휘	날	리	다

정답은 ① 휘감다, ② 휘날리다, ③ 치닫다, ④ 휘둥그렇다예요.

3.

빵을 만들기 위해 반죽을 **2**
흥미진진한 이야기로 마음을 **1**

'휘젓다'는 골고루 마구 섞이도록 젓는 것을 말하고, '휘어잡다'는 무엇을 거머쥐거나 손아귀에 넣고 마음대로 부리는 것을 뜻해요.